2
THAT TURTLE, THE STRONGEST ON EARTH
その亀、地上最強
しんこせい
Illustration 福きつね

That turtle,
the storongest on earth

プロローグ

そこは人里離れた場所にある、小さな村。

一般人の誰からも知られることのないその場所は、しかし王国中枢にいる者であれば知らぬ者のいない、特殊な場所であった。

人口もそれほど多くはないその村には、王国選りすぐりのエリート達が定期的に訪ねてくる。

出張ということになっている彼らの来訪先が、その小さく辺鄙な村であることは、ごく一部の例外を除いてほとんど誰も知らない。

誰も弟子を取らぬと公言してはばからぬ人物から、今までどこに行っていたのかもわからず、長い間消息不明になっていた者まで。

『剣聖』ラインハルト、『大賢者』マーリン、『龍騎士』ローガンetc……。

やってくるのは実力はあっても、偏屈で変わっている者達ばかりだった。

だが彼らはとある一つの目的を持って、この村を訪ねている。

いったいその村――地図にも記されていない、名もなき村には何があるというのか。

その答えを紐解くには、村にいる一人の少女について知る必要がある。

今はまだ、誰にも知られていないその少女の名は――レイ。

彼女の正体を知っているのは、世界でもほんの一握り。

村を守る守護者達、訪れる達人達、そして王と宰相のみである……。

「レイ、あなたは強くならなければいけないわ。誰よりも強く、魔王を倒せるような存在にならなくてはいけないの」

「どうして？　どうして私が強くならなくちゃいけないの？」

「それはあなたが――」


「勇者だから、か……」

一人の少女が、夢から覚めて起き上がる。

下りてこようとする瞼に必死に抵抗するため、レイはごしごしと目を擦る。

その齢は十五で、今年になってから成人したばかり。

大人になりかけといった感じで、少女らしさと女性らしさを兼ね備えている。

レイが起きたこの場所は、村の外れにある小さな家だ。

彼女には両親はおらず、元々は孤児院で暮らしていた。

だがとある理由から彼女は見出され、そして……この村で暮らすことになった。

そう、神殿の神託によれば、このレイこそが……将来勇者となるべき存在なのだ。

かつて龍巫女フレイヤと呼ばれる少女が、神託を下されたことがあった。

彼女は、勇者と魔王の到来を預言したという。

魔物の中にはごく一部知っている者はいたが、人間達は長い歴史の中で、その事実を忘れてしまっていた。

けれど実は数年ほど前に、それと似たような事態が、王国に起こったのだ。

王国の聖女、クリステラ・ツゥ・フォーミット。

彼女は龍巫女同様、預言を授かった。

その預言は、いつも大雑把でぼんやりとしている神託とはまったくの別物だった。

かなり細密で、非常に詳細で、そして具体性を帯びていたのである。

そしてその神の言葉によって、一人の少女が未来の勇者であることが発覚した。

その少女こそが、当時孤児だったレイだったのである。

この名もなき村は、レイのために作られた、レイのための箱庭だ。

レイが魔王に発見されることのないように。

彼女が一人前の勇者へ成長することができるように。

そのために作られ、誂えられた、勇者を育てるための村。

国中の選りすぐりのエリート達がやってきては、彼女を鍛えていく。

そしてレイは毎日、着実に強くなっていった。

(私は……ならなくちゃいけないんだ。皆を守るための勇者に)

勇者とは最前線で戦い続け、己の背を皆へ見せる人類の希望。

いずれ人類にとてつもない危険をもたらすとされる魔王の対をなす存在だ。

ゆくゆくは、魔王を倒す。

そして魔物によって人類が滅ぼされる未来を、回避しなくてはならない。


自分がそんな、おとぎ話の中の主人公のような存在になれるのか。

レイは未だ、自信が持てずにいる。

だからこそ、毎日絶えず訓練を繰り返す。

色々な達人からあらゆる技術や力を教授してもらい、己の血肉へと変えていく。

それが今のレイのやらなければいけないことで。

そしてそれが、今のレイを構成する全てだった。


「今日はあなたに、回復魔法を覚えていただきます。最終的にはラストヒールの習得を目指しましょう」

「ラストヒール……最上級回復魔法ですね」

今日レイの下へやってきていたのは……王国騎士団第十騎士団隊長、『白星』のソエル。

王国騎士団の回復部隊を率いている、回復術士の中では珍しい無宗教の女性だった。

彼女は騎士団を取り纏める立場でありながら、決して激しい言葉遣いをしない。

その物腰はあくまでやわらかで、威厳を以て誰かを従えようという様子はない。

けれどこの態度を維持したまま、王国騎士団の隊長に上り詰めていることこそ、彼女の魔法の腕が本物である証であった。

「レイ、あなたは今まで戦うための術を意識しすぎています。自らを傷つけすぎてはなりません。厳しいことを言うようですが、あなたはどんな時も常に最前線に立ってもらうことになります。ですから何よりも、自分の身体を大切にして下さい」

「はい……たしかに今まで、回復はポーション任せにしていました」

今までレイの師についていた人達は皆、戦い方を教えてはくれても、傷の治し方までは教えてくれなかった。

この世界において、傷を治し体力を回復させる方法は二つある。

アイテムと、回復魔法だ。

アイテムはポーション、ミドルポーションといった、服用または塗布で傷を治すことのできる道具達のこと。

回復魔法はヒールを始めとした、魔力を使用することで己の体力を回復させる一連の魔法群のことを指している。

今までレイはこのうちの前者、誰かから渡されたアイテムに回復を頼っていた。

しかしそれでは物資がなくなったとき、自らを治す術がない。

今後のことを考えれば、回復魔法を習う必要は十二分にある。

「ではまずはヒールから――」


「はあっ、はあっ……丸一日かかりましたが、これで、オールヒールまでは使えるようになりましたね……」

回復魔法はヒール、ハイヒール、エクストラヒール、オールヒール、ラストヒールの五つ。

このうちヒール、ハイヒールが下級回復魔法、エクストラヒールが中級魔法、オールヒールが上級回復魔法ということになる。

そしてラストヒールは、最上級回復魔法である。

レイは特訓の末、そのうちの四つ、オールヒールまでを使うことができるようになった。

「レイ、あなた筋がいいわ。きっとラストヒールも、そう遠くないうちに使えることができるようになるはずよ」

己の弟子を褒めながら、ソエルがレイの頭を撫でる。

回復魔法使いの到達点にして究極系の魔法……それがラストヒールだ。

それは未だ、ソエルですらも辿り着くことのできていない境地。

彼女が手取り足取り教えることができるのは、オールヒールまでだった。

ラストヒールの使い方は、今までにあった文献を基にして、ソエルが長年の経験からそのやり方を推測しているに過ぎない。

莫大な魔力を消費する代わりに、死者ですら生き返らせるという伝説の残るその魔法を、レイはソエルの一度の来訪ではマスターすることができなかった。

そのことに忸怩たる思いはある。

けれどレイの顔に不安はない。

彼女は必ずしも、できのいい生徒というわけではなかった。

しかし壁にぶつかる度に努力を重ね、最終的には全ての目的を達成することに成功していた。

だから今回だって、最後には上手くいくはず。

「師匠……私いつか、ラストヒールを使えるようになってみせますっ！」

「その意気ですよ、レイ」

二人は視線を交わし、頷き合う。

そこには確かな信頼と絆があった。

――彼女達は、まだ知らない。

「みぃっ！」

「こ、これはまさか……ラストヒール!?　アイビーは、あの伝説の回復魔法まで使うことができるというのかっ!?」

既にラストヒールをマスターしている最強の亀が、この世界には存在しているということを……。

That turtle,
the storongest on earth

第一章

謎の女性

ものすごい数の魔物が押し寄せてきてから、早いもので二ヶ月が経った。

その間僕達は何をしていたかというと……なーんにもしていない。

というのも、何もする必要がなくなったからだ。

――僕達は今、かなりのお金持ちなのである。

……といっても、換金が追いついていないらしいから、素材だけが物凄い量余っているだけで、現物自体はそれほどないんだけどさ。

二ヶ月という結構長い期間をなんにもしなくてもよくなったのは、もちろんアイビーのおかげだ。

何せアイビーの全力は、それはもう言葉を失うくらいにすごかった。

僕が思ってたよりも大きくなってたし、もう魔物とかを寄せ付けないとかそういうレベルですらなかったからね。

彼女が全力を出してくれたおかげで、相手の魔物達はほとんど全滅。

残敵掃討はシャノンさんを始めとした冒険者の方々がしてくれたけど、やってきていた魔物達の大軍をまとめてやっつけたのはアイビーである。

当たり前だけど彼女が倒した魔物の権利は、彼女の従魔師《テイマー》である僕にある。

倒した魔物の数は、軽く万を超えるくらいの数があって、換金が全然追いついていない。

エンドルド辺境伯からは、

「とにかく待ってくれ、払うには払うから、とにかく待ってくれ」

とものすごく焦った顔でしきりに言われたので、僕らは素直にとにかく待つことにした。

たしかにそんなに魔物の素材があっても、遠くへ売ったりとか加工したりとかがそんなすぐにできるわけじゃないからね。

僕らも別に大金を使ってしたいことがあるわけでもないので、のんびり待たせてもらっているのだ。

「ふあぁ……」

「みぃー」

背中を預けるのは、何故だか不思議と寝心地のいいアイビーの甲羅だ。

彼女は綺麗に手を横に置いて地面にうつ伏せになっている。

僕は今日も、アイビーの背中に乗ってお昼寝をしていた。

「仰向けになる?」

「みぃっ!」

「なるっ!」と元気いっぱいなアイビーの返答には、思わず笑ってしまう。

肩を震わせながら、地面に降りる。

アイビーのことを見上げていると、僕の視線はドンドンと下がっていき……最後には見下げる形になった。

そして眼前にいるのは、僕より少し小さいくらいのサイズになったアイビーだ。

彼女はお得意の重力魔法でごろんとひっくり返り、仰向けになった。

太陽の光をしっかりと浴びれるように、微妙に位置調整までしている。

さすがだね。

僕は地べたに背中を預け、アイビーは自分の甲羅に背中を預けて横になる。

甲羅を地面につけては不安定になるはずなのに、僕はアイビーが間違ってひっくり返っているのをみたことがない。

多分魔法を使って、上手いことバランスを取っているんだろう。

「今日のご飯は何がいい？」

「みぃ……」

アイビーは肉以外がいい……と少し嫌そうな顔をする。

僕らのご飯は、割と肉が多めだ。

誰かさんが調子に乗って、近くの森で肉を取ってくるからね。

野菜も魚もバランス良く食べたいアイビーには、それが少し不満らしい。

「グルルッ！」

「みぃっ！」

「うるさい奴がきた！」と嫌そうな顔をするアイビーと僕達の身体に影がかかる。

そして大空の覇者が、僕らの隣に降り立った。

「グルゥッ！」

今日も餌を献上するでやんす、と僕の心に話しかけてくれるのは、グリフォンのサンシタだ。

相変わらず、三下口調とその立派でいかにも強そうな体軀が見合っていない。

サンシタが爪で摑んでいたのは、イノシシの魔物であるケイブボアーだった。

……それ、一昨日も獲ってきたじゃないか。

イノシシ肉ばっかりはさすがに飽きちゃうよ。

もちろん肉を食べれるだけ、ありがたくはあるんだけどさ。

「グ……グルッ！」

僕とアイビーの視線に耐えきれなくなったのか、サンシタは「あっしも混ざるでやんす」とうつ伏せになり、お昼寝の会への参加を表明した。

まあいいかと思い、再度ぼーっとタイムに戻る。

なんというかすごく……平和だ。


魔物の換金をすればいいおかげで、お金には困っていない。

僕らは労働というものから解放されたのである。

だからお昼寝だってし放題なのだ。

しすぎると夜眠れなくなるのが玉に瑕だが、それでもお昼寝を止める権利は神様にだってありはしないのである。

ちなみに僕らが暮らしているのは、アクープの街の外れの方にある、エンドルド辺境伯の元別荘。

いい感じに街から離れているというのと、木々に囲まれていて周囲の目が気にならないだろうという理由から、辺境伯が僕達にプレゼントしてくれたのだ。

太っ腹なことだが、値段は驚きのタダ。

タダより高いものはないと前に誰かが言っていた気がするけれど、もらえるものはもらいたくなるのもまた人情だ。

僕らは食っちゃ寝を繰り返す自堕落な生活を続けながら、いい感じにスローライフを満喫している。

ゆっくりと時間を気にせず生きられるのって……控えめに言って、最高だよね。

「にしても、ここまで何もないと逆に気になってくるよねぇ……」

「みぃ」

結局、あの魔物の大量侵攻の原因は、魔物が何者かに操られていたことが原因だとわかっている。

そして恐らくその黒幕は、僕に特攻をしかけてきたあの鬼みたいな魔物だと、アイビーは言っている。

でもだとすると、あの魔物はこのアクープの街を滅ぼそうとしていたってことだ。

もしあいつが魔王に命令されて動いていたのなら、二の矢三の矢が飛んできてもおかしくはない。

だから色々と面倒なことも増えたけれど、とりあえず僕らはこのアクープに身を置いたままでいる。

知り合いや仲良くしてくれる人達も多いし、こんな隠れ家的な場所をもらえてしまうくらいだから、居心地はかなりいい方だと思う。

けれど結局、あれからまったくというほどに魔物達の方に動きはない。

魔物の数もアイビーがやっつけまくったおかげでかなり少なくなっていて、むしろ危険度は前よりグッと下がっているくらいだ。

最近では向かいのセリエ宗導国とももうちょっと国交とかしようかって話にもなっているらしいしね。

よくはわからないけど、向こうも向こうで大変なんだってさ。

政変だのなんだの、色々起きて国内がてんやわんやらしい。

まったく、どこもかしこも大変だ。

そんな中、僕らがだらだら過ごしてもいいのかなぁと、若干罪悪感を覚えなくもない。

けどエンドルド辺境伯やゼニファーさんには恩があるし、ここを出れば間違いなくもっと面倒なことになるぞと聞かされたら……ねぇ。

そこまでして嫌な思いをする可能性が高い場所に行くほど、僕もアイビーもマゾじゃない。

（嫌な思い……か……）

僕はスッと立ち上がり、伸びをする。

アイビーが小さくなってふよふよと浮き、僕の肩に乗ってこようとする。

そんな彼女の小さな額を、人差し指でこつんと叩く。

「ちょっと街まで降りて、買い物に行ってくるよ。野菜とか魚とか、食料を買い込んでこなくちゃ」

「みぃっ」

わかった、と彼女はそのままふよふよと浮いて、小さなサイズのまま再度お昼寝に戻る。

今じゃ、アイビーは良くも悪くも有名人だ。

彼女が本気を出した時の巨体は、街にいても確認ができたらしいから。

アイビーはそのせいで、誠に遺憾なことに、おいそれとアクープの繁華街に出るわけにはいかなくなってしまったのである。

彼女は今でもお出かけするのは大好きなんだけど……まったくデリカシーのないことに、彼女にひどい言葉を投げかけてくる考えなしというのがいる。

数はそんなに多くはないけれど、そういうことをされるかもしれないと考えるだけで、ストレスは溜まっていく。

ああいうひどい言葉を投げかける奴は、どうしてアクープの街に魔物被害がまったくなかったのかとか、僕らにエンドルド辺境伯の後ろ盾があることなんて知らずに（あるいは事実を見る勇気がなくて、知らないフリをしているのかもしれない）、平気で罵詈雑言を吐いてくる。

あいつらはアイビーが何を言われても傷つかないと思い込んでいるから、そういう言葉を吐けるんだろう。

僕は何か言われる度に傷ついていてシュンとするアイビーを見ていられなくて、何か必要な物がある時にはアイビーにはお留守番をしてもらうことにしていた。

せめて買い物に行った気分でも味わえるように、何か彼女に贈り物でもしてあげよう。

「サンシタ、行くよ」

「グルウッッ！」

姉さん、ちょっくら失礼いたしやす。

軽く頭を下げるサンシタに跨がり、僕は空を駆ける。

僕は今日もアクープの街へと降りていく。

またアイビーと一緒に、自由気ままに街で暮らす。

そのために必要なのは時間もそうだけど――何より大切なのは僕の名声だ。

僕の従魔であるアイビーの悪口を面と向かって言えなくなるくらい、僕の存在がこの街にとって大きなものになればいい。

そしてそれは、それほど難しくない。

きっと時間の問題だろうと思っている。

だって今の僕は——アクープの街に降り立った、グリフォンライダー。

魔物の危機から皆を救い出した英雄なのだから。

僕がサンシタに乗ってアクープに降り立つせいで問題が起こるようなことは、さすがにもうなくなった。

未だに驚きながら武器を持つ冒険者の人達はいるけれど。

そういう人達を見て「あら、まだアクープに来たばかりなのね」という視線を住民の皆様方が向けることが、この街の常識となりつつあった。

「わあっ、サンシタだサンシタだ！」

「僕焼き菓子持ってるよ！　食べて食べて！」

「グルッ、グルグルゥッ！」

サンシタの方も、以前と変わらず出された物は残さず食べている。

傍から見ると完全に餌付けだけれど、相変わらずサンシタの方は「人間には殊勝な奴らも多いでやんす」となぜか満足げなので、よしとしよう。

喉を鳴らしながら、与えられた焼き菓子を頬張っているサンシタを放置して、とりあえずいつも入っている八百屋へと入る。

サンシタは一度子供達に囲まれるとなかなかそこから抜け出せないから、しばらくの間は放置していても大丈夫だ。

彼が子供を襲うようなこともないらしいしね。

サンシタにとって彼らは、貢ぎ物をくれる子分らしいから。

「よぉブルーノさん、今日もいつものでいいかい？」

「あ、はい、いつも通りでお願いします」

「あいよ」

サンシタは肉食獣なので自分で獲ってきた肉だけを食べていればそれで生きていられるが、僕は農家出身で野菜やパンで育ってきている。

アイビーも基本的に雑食だけど、彼女は僕以上に食事の栄養バランスとかを気にする。

適当に葉野菜を食べればいいやくらいの僕よりもかなり意識は高く、種類ももっと多くとか、根菜もしっかりと食べないといという感じで、満遍なく野菜を取ろうとするのだ。

そんな彼女に合わせた食生活をしているおかげで、男の一人暮らしも同然な僕の食生活は、驚くほどに彩りに満ちている。

心なしか体調も、前よりよくなっている気すらするもんね。

おかげで今では、八百屋のお得意さんだ。

ちなみにアイビーの食事量は、基本的には少ない。

皆あれだけサイズが大きくなるのなら、巨体を満足させるくらいの大量の食材が必要だとばかり思っているみたいだけれど。

アイビーは実際のところ、結構小食なのだ。

でも実は、スイーツが好きだったりする。

食事の好みを見ると、完全に若い女の子のそれだよね。

ちなみにそんな僕らの生活に合わせているせいで、最近はサンシタも野菜を食べるようになった。

もしかしたら彼は世界で初めての、雑食グリフォンかもしれない。

気高き『空の覇者』であるグリフォン……のはず、なんだけど、な……。

野菜を買い終えて、サンシタを回収し、こちらに手を振る子供達に手を振り返してから、街を歩いていく。

アイビーが喜びそうな、手乗りサイズの彼女がつけられるアクセサリーでも見つけてあげなくちゃ。

てくてくと歩いていると、明らかに無遠慮な視線がいくつも僕に突き立ってくる。

（……あんまり気分がいいものじゃないよね。やっぱり慣れないなぁ）

今の僕は、アクープの街では知らぬ者のいない有名人になってしまった（もちろん一番有名なのはアイビーだけど、彼女は有名亀だからね）。

そのおかげか、最近では僕を勇者だとかなんとか呼ぶ人間までいるほどだ。

まったく、勇者だなんておとぎ話の中の話じゃないか。

そんなことをバカ正直に信じているなんて、皆も案外物語好きだよね。

こんな大して強くもなさそうなやつが……みたいな値踏みする視線を向けられるのは、やっぱりあんまり気分のいいものじゃない。

けどこの程度なら、僕には耐えられる。

僕の肩にアイビーが乗っていると、これらに加えてアイビーを恐がる人間というのが一定数現れる。

そしてそれに、アイビーは耐えられない。

正直、今のアクープで生きていくのはちょっとばかり息苦しい。

こうやって買い出しをするのにも、一苦労するくらいだし。

使用人でも雇えばいいのかもしれないけど……果たして僕らに雇われてくれるメイドさんや執事がいるものなのか、正直微妙だと思う。

「サンシタ、行こっか」

「グルルゥ！」

僕は買い物を終え、サンシタにまたがって繁華街を抜けて家へと向かっていく。

その最中、何人かの人達が僕の方へ手を振っているのが見えた。

僕はなんでもないかのように手を振り返して、にこやかに笑う。

英雄を演じるのは、なかなかに体力のいる仕事だ。

今日の晩ご飯はバーベキューだ。

僕が作るのは基本的には男の料理。

誰からも教わっていないし、そこまで食に執着もないから、手抜き料理ばかりしている。

この別荘には外の庭に、野外用の釜や網なんかがあって、お手軽に野外料理が楽しめる。

自然に囲まれた環境だからなんだか自由な感じがあるし、匂いが内側に籠もることもないので、僕達は基本的に外で食べることの方が多い。

「アイビー、お願い」

「みぃっ」

アイビーが小さな火の玉を打ち込むと、入れていた薪がメラメラと燃え始める。

グリフォンのサンシタもぐるぅと唸りながら僕の隣で火を見つめている。

炎が反射してキラキラと輝くつぶらな瞳を見ていると、なんだか小動物みたいでかわいいなって気持ちになってくる。

《早く肉を焼いてくだせぇ！》

その心の声を聞いて、先ほどまで感じていたはずのかわいさは一瞬のうちに消えた。

うん、やっぱりサンシタはサンシタだね。

「そろそろいいかな」

適当な火加減になってきたら網を乗せて、その上に買ってきた野菜を載せていく。

最初からベジタブルな網焼きにサンシタが不満そうだったので、一角に肉だけのゾーンを作ってあげる。

サンシタが一番好きな、なんにも処理をしていないし、なんならちょっと血が滴ってる生肉だ。

サンシタは満足げにうなると、風魔法を使って肉を浮かせる。

そして自分の目の前に持っていき、少し表面を焼いただけの肉を頬張って味わい始めた。

人間と違いグリフォンだから、別に生で食べても何も問題はない。

だけど最近サンシタは、僕やアイビーが味付けをしたり、調理方法を工夫してご飯を食べているのを見ているからか、『自分も自分も！』とせがむようになってきているのだ。

といってもまだ彼の場合まだまだ野性が強いからか、ほんのちょっと焼いただけですぐに食べてしまう。

本人曰く、片方の半面にほんのり焼き目がついたくらいの焼き加減が一番好きらしい。

ねぇサンシタ、それはほとんど生なんだけど……まあ、本人が楽しそうだから、細かいことはいっか。

「みぃっ！」

「あっ、ごめん、ちょっと焦げちゃった」

「みぃっ……」

サンシタが血の滴る生肉をバクバク食べている様子に呆れていると、野菜から煙が上がっていた。

ひっくり返してみると、黒焦げとまではいかないけれど表面がかなり黒くなってしまっている。

アイビーは少し悲しそうな顔をしてから、ふよふよとちょっと焦げた野菜を浮かせ、自分の口許に運んでいく。

彼女もサンシタも、僕が箸やトングを使って餌付けをする必要はない。

そして焼いた食材を冷まさずに食べても火傷しないくらい、口の中も丈夫だ。

僕はパッパッと塩や刻んだ香草なんかをかけてから、トングで肉と野菜をお皿に乗せる。

「あつっ!?」

ふぅふぅと冷ましてから食べても、まだかなり熱かった。

どうやら火加減を見誤ってたみたいだ。

口の中を少しだけ火傷してしまい顔をしかめながらもぐもぐしていると、すぐに痛みが消える。

「みぃっ」

しょうがない子ね、とアイビーが回復魔法を使ってくれたのだ。

そういえばこないだ、エンドルド辺境伯が連れてきた偉そうな人に、アイビーの回復魔法を見せる機会があったなぁと、少し前のことを思い出す。

なんだか「こ、これは伝説のっ――!?」と驚いていたけれど、あれから音沙汰はない。

アイビーが宗教関連のごたごたに巻き込まれないために必要だって言ってたよね。

そういえば辺境伯が、遊びに来いって言ってたな。

カーチャもアイビーとサンシタにもっと会いたいとことあるごとに言ってくるし……今度久しぶりに、辺境伯邸まで遊びに行ってみようか。

「みぃっ」

『いいね！』とアイビーもノリノリな様子だ。

よし、たしかにアイビーも最近あまり外に出せてあげられてないし、明日にでも――。

「――みっ」

アイビーがいつにないくらい、低い声を出す。

彼女の顔は、ものすごく真剣だった。

アイビーは浮かせていた野菜を元の位置に戻し、僕の肩の上に飛び移る。

いったい何が……と思っている僕の耳に聞こえてくるのは、がさがさと茂みの揺れる音。

ここらへんに魔物は出ないはずだけど……と思っていると、そこから一つの影がゆっくりと現れる。

そこにいたのは――全身を葉っぱまみれにした、女性だった。

見たことがないほど上質な鎧を着ていて、意志の強そうな瞳はらんらんと輝いている。

剣を入れている鞘には宝石がちりばめられていて、いかにも上等な冒険者といった風体だ。

いったい、どうしてこんな辺鄙なところへ……？

自分達で住んでる場所ではあるけれど、ここはアクープの外れも外れなんだけど……。

ごぎゅるるるるっ。

「す、すまない。食べ物を恵んではくれないだろうか……」

「……ど、どうぞ？」

彼女のお腹の音は、それはもう尋常じゃないほどに大きかった。

いったい何日ご飯を食べてないんだろうというほどに。

なんだかわけがありそうだけど……。

そんなにお腹が減っているんなら……僕らのご飯、食べますか？


「ガツガツ、ムシャムシャ、パクパク、ボリボリ！」

僕は今、人体の不思議というやつを目の当たりにしていた。

大量にあって、なんなら腐らせないようにとすら思っていた食料が、物凄い勢いで消費されていくからだ。

あまりにも大きなお腹の音を鳴らした彼女は、僕の言葉に食い気味で「お願いする！」と言って

から、僕らのバーベキューに途中参加する形になった。

そしてあっという間に肉を平らげ、サンシタが獲ってきていた別の獲物も焼いては食べ焼いては食べ。

あっという間に僕らが用意した食材を食べ尽くしてしまった。

更にはそれだけでは飽き足らず、余っていた食材にまで手をつけて未だに食べ続けている。

まるで何度も同じ場面を見せられているかのような光景が、目の前で繰り広げられているのだ。

今はちょうど、三匹目のイノシシに手をつけたところだった。

体格で言えば僕よりも小柄だというのに、いったいその小さな身体のどこにそんなに沢山のご飯が入るんだろうか。

「グルゥ……」

サンシタはおやつに取っておいた肉までガンガン焼かれて饗されていることに、少し不満げだった。

彼の常識だと、誰かに物を与えるのは献上にあたる。

見ず知らずの女性にそんなものをやる義理はないと、サンシタは最近聞いていなかった、喉をグルグルと鳴らす本気の唸り声を上げていた。

まだそんな顔できるんだね、サンシタ。

どうやら空の覇者は、まだまだ健在なようだ。

「バクバク、もぐもぐ、ガリガリ、ごっくん！」

血抜きのされていないサンシタ仕様のワイルドな肉だけど、どうやら彼女はそんなことは気にならないみたいで、塩を振っては美味しそうに食べている。

うわっ、骨まで噛み砕いて食べてる。

ワイルドだなぁ。

顎の力が強いんだね。

イノシシ肉だと薄くスライスしないと硬くて食べられない僕とは、元の身体の造りが違うみたいだ。

「グルッ……ガアアッッ！」

どうしよう、サンシタが割と本気でキレかけてる。

どうせ食べるのを忘れて、腐りかけたところを森に返すんだから、そんなに怒らなくてもいいだろうに。

――そう、サンシタはこんなに怒っているけど、多分あの肉も放置しているうちに忘れて、結局食べずに終わる運命にあったはずだ。

彼はグリフォンの割に物覚えが悪いから、既に似たようなことを何回もしているし。

……いや、鳥頭の割には頭がいいってことにはなるのかな？

まあそこらへんはよくわからないから、いいや。

ちなみにサンシタは、肉をダメにしかける度に、それを目敏く見つけるアイビーに、食べないなら森に暮らす生き物達のために返してきなさいと叱られている。

なんだか親子のやり取りを見ているみたいで僕はその場面に遭遇すると、いつもほっこりするのだ。

それだけじゃなくて、ぷかぷか浮いている手乗りサイズのアイビーと項垂れているグリフォンという、外から見ると意味のわからない構図が、シュールな笑いを誘ったりするところもいい。

相変わらずアイビーは綺麗好きで、細かいところにもしっかりと気が付くいい子なのだ。

(でも……どうしてだろう。いつもよりも少し、緊張しているように見える)

けれど今のアイビーはちょっと……いやかなり変だった。

いつものように泰然とした態度ではなく、どこかキリッとした、真剣そうな面持ちをしているのだ。

長いこと彼女に寄り添っている僕にはわかる。

アイビーは今、かなり緊張している。

いったい何に緊張しているのか?

決まってる——目の前にいる、謎の女性にだ。

僕は見た目から、等級の高い冒険者だとばかり思っていたけれど……どうやらアイビーには、何かが見えているらしかった。

「むしゃむしゃ……ふぅ、とりあえず最低限腹は満たせたか。一旦小休止だな」

サンシタが野性を取り戻さないかハラハラしたり、アイビーの様子を観察したりしているうちに、肉に持っていく手がようやく止まってくれた。

とりあえず？

最低限？

小休止？

ちょっとおかしな言葉を聞いた気がするけれど、まあそこはおいとこう。

ようやく食べるのに区切りがついて、ちゃんと話ができるようになったんだ。

この機会を逃さない手はない。

というかこのタイミングにどうにかしないと……アイビーとサンシタが、割と一触即発な雰囲気を出してて色々と危ない！

僕らはまだアクープの人達に完全に受け入れられてるわけじゃないんだから、ここで刃傷沙汰とか起こすわけにはいかない。

なんとかして二人には、穏便にことを済ませてもらわないと。

ここら辺が僕の腕の見せ所だ。

唯一意思疎通できる僕が、なんとかして彼女とアイビー達の仲を取り持ってあげないと。

「ええでは初めまして、僕はブルーノと言います。彼女はアイビー、そしてこっちがサンシタ。出会いは妙な感じでしたが、よろしくお願いします」

「ああ、挨拶が遅れたな。私はレイという。故あって冒険者のようなことをやっていてな。いきなり押しかけて食事まで出してもらい、大変申し訳ない。これは食事代だ、取っておいてもらいたい」

そう言って彼女――レイさんは、金貨十枚をサッと僕の手に握らせた。

――金貨十枚!?

これ、絶対にもらいすぎだよ!?

「こ、こんなにいりませんよ？」

「む、そうなのか……？　市井の物価はよくわからないから、困ったな……それなら君……ブルーノが決めてくれ」

え、ええ……人のこと言えないけど、なんだかこの人もすごく変だぞ。

というかさ、今思ったんだけど。

どうしてこの人は、こんな強い冒険者ルックなのに、グリフォンのサンシタを見てもまったく動揺してないんだ？

四等級の冒険者だって、グリフォンの見た目くらいは知っているはずなのに。

それに金銭感覚もかなりおかしいし……なんというか、色々とちぐはぐな感じがする。

「グルッ、グルグルッ！　グルゥウッ！」

「どうどう、かわいい鳥さんだな。鳥さんなのにこんなにおっきいということは、魔物なのか？」

「ええ、はい。僕は従魔師なので。ちなみにその子はサンシタと言います」

「そうか、それじゃあよろしくな、サンシタ」

「グルウッ！」

サンシタは差し出された手を……思いっきり噛んだ!?

「くうぅぅぅん……」

そして何故か、犬みたいな声を出したっ!?

見ればレイさんの手はまったくの無傷で、サンシタの歯茎からは血が出ていた。

そ、空の覇者であるグリフォンが歯茎から血を出して涙ぐんでる……。

レイさんっていったい……何者なんだ？


レイさんはあれから更に数度ほどおかわりをして、都合イノシシ三匹分の食事を平らげたところで、満足したようだった。

食べ終えた彼女は、久しぶりにお腹いっぱい食べることができたと、とても満足げだった。

あんな細い身体のいったいどこに……と思っていたけど、答えは簡単だった。

今、レイさんのお腹は「臨月ですか?」と尋ねたくなるくらいにぱんっぱんに膨らんでいるのだ。よくお腹が破裂しないなぁと思う。

針でプスッと刺したら、空気が抜けてどこかに飛んで行っちゃいそうだ。

僕がそんな失礼なことを考えているうちに、レイさんは立ち上がり、グッグッと柔軟運動をし始めた。

「食後の整腸運動的なやつですかね……?」

「腹ごなしにな、食後の鍛錬をさせてもらいたい」

レイさんがすごいことを言いだした。

そんなお腹で運動したら、すぐに胃の中のものを吐き出してしまいそうだけど……結構本気で、身体を伸ばしている。

彼女、やる気だ。

わっ、身体すごいやわらかい……って、そうじゃなくて。

「鍛錬って、どんなことをされるんですか? あんまり動きすぎると、その……」

「大丈夫さ、そんなやわな鍛え方はしているつもりはない」

「は、はぁ……」

僕がよくわからないでいるうちに、レイさんは持っていた剣を引き抜き、素振りを始めた。

そしてアイビーはしょうがないなぁという感じでサンシタの歯茎を治してあげていて、サンシタはそれをありがたがっている。

「綺麗だ……」

素振りを見た感想は、その一言に尽きた。

レイさんが美人ということもある。

装備が派手で、装飾品としても通用しそうなくらいに美しいというのだってもちろんあると思う。

けれどレイさんが剣を振る姿は、その、なんていうのかな……絵になってるんだ。

まるで物語の本に出てくる英雄みたいだった。

太陽に反射してキラリと光る金の髪。

剣が風を切り裂いて鳴る、耳をつんざくような鋭い音。

真っ直ぐに前を見つめながら一心不乱に剣を振るその様子は、どこまでもひたむきで、そして美しかった。

驚くことに、剣を振っているうちにすぐにお腹は引っ込んでしまっていた。

でもそれも、今では不思議なこととは思えない。

だって彼女の剣速は、あまりにも早い。

あんなに素早く、そして休まずに剣を振り続ければ、そりゃあ物凄いエネルギーを消費するはずだ。

あれだけ空腹で倒れそうになっていたことも、なるほどと合点がいく。

でもこれは、前に見たシャノンさんと同じくらいの……腹ごなしでこれってなると、やっぱりレイさんも、一等級冒険者くらいの実力はありそうだ。

サンシタが噛みついても傷一つつかなかったことも合わせて考えると……うーん、レイさんの強さの底が見えない。

アイビーより強かったりすると、とってもマズいことになるかもしれないけれど……。

「みぃ」

そこは安心して、とアイビー。

本当の強者というのは、相手の動きをわずかに見ただけでその強さを測ることができるという。

僕にはまったくわからない世界の話だけれど、どうやらアイビーはレイさんの様子を見て何か得るものがあったようだ。

だって、レイさんの気配を感じ取っていた時よりも、ずっとリラックスしてる。

今なんて首を僕の肩に預けて、ぐで～っとしているもの。

気を張り詰めさせちゃってごめんね。

その分、買ってきたお菓子、僕の分もあげるから。

「みぃっ～」

首を少しだけ伸ばしながら、あくびをするみたいに鳴いている。

どうやらご満足いただけたようだった。

僕とアイビーがのんびりとくつろぎ、治療が済んでも何故だかご機嫌斜めなサンシタが不貞寝しているうちに、レイさんの腹ごなしは終わったらしい。

水で濡らしたものをアイビーに冷やしてもらったので、いい汗を掻いている彼女に、持っていたタオルを渡す。

「ふぅ、ありがとう。助かるよ」

「いえいえ、いいものを見せてもらいました」

「そうか？　見ていて楽しいものでもないと思うんだが……」

不思議そうな顔をしているレイさん。

その素の表情を見ていると、さっきまで一心不乱に剣を振っていたのが嘘みたいだった。

場の空気がさっきよりもほぐれたところで、ふと最初に思ってはいたけど、聞き出せなかったことを尋ねてみることにした。

「そういえばレイさんは、どうしてこのアクープにやってきたんですか？」

「ん？　何、この辺で偽物の勇者が現れたという噂を聞きつけてな。魔人なんかの陰謀の可能性もある。一度詳しい状況を確認しようと思い、やって来たのだ」

「ぶ――――っ!!」

彼女が来たのは……僕らをとっちめるためなの!?

「偽物の勇者って……」

「ああ、なんでも英雄とも呼ばれているらしいな。だがそいつの何よりも許せないことは、やはり勇者を名乗っているところだ」

一縷の望みをかけて聞いてみたけれど、現実は残酷だった。

そして誤解です、それは本当に誤解なんです。

勇者は名乗っているんじゃなくて、みんなが勝手に言いだしただけなんですって!

僕自身、一回も「我は勇者なり」とか言ってませんから!

「でもどうしてレイさんが、その人を倒しにきたんでしょうか?」

対話の糸口はどこかにないかと探してみる。

レイさんはなぜだかすごく好戦的だけれど、僕としては当たり前だけど戦いたくなんかない。

サンシタがかみつけない時点で、レイさんの力は異常だ。

アイビーは自信ありげだけど、もうこれ以上変な目立ち方をする必要はない。

「なに、気にくわないってだけだ。個人的な私怨のようなものだよ」

「それはいったい、なにに対してでしょうか?」

「勇者の看板を負うことの重さを、そいつが知らないことへの怒りだよ。そのために無理を言って村を出てきてしまったくらいだからな」

とりつくしまもないとはこのこと。

どうやらレイさんは相当頭にきているようで、何を言っても聞いてくれるような様子はない。

ちらりとアイビーの方を向く。

「みぃっ！」

任せて、と彼女は告げていた。

後になって色々と聞き込みをされてから発覚するより、今言ってしまった方が今後のことを考えればいいはずだ。

なので僕は、少しためらいがちにこう告げることにした。

「あの、レイさん。大変申し訳ないんですが、一つだけ言ってもいいでしょうか」

「ああ、なんでも言ってくれて構わないぞ」

「その英雄を名乗る人物……多分、僕のことです」

「……なんだと？」

瞬間、彼女が纏う気配が変わる。

そしてビリビリとした殺気のようなものが、僕に叩きつけられるのがわかった。

重たく、ねばつくような何かが、僕の肩や頭へとのしかかってくる。

まるで空気自体が粘度を持ったかのようだった。

これが、プレッシャーってやつなのか。

「――話を、聞かせてもらおうか」

先ほどまでの優しげな瞳は完全に消え、鋭い眼光で僕のことを睨んでいる。

そしてまばたきをした次の瞬間――彼女の姿が消えたっ!?

ギイィンッ！

彼女がすぐ近くまでやってきたことに僕が気付くより、アイビーが張ってくれた障壁が発動する方が早かった。

レイさんの手は障壁に弾かれる。

どうやら僕に触ろうとしたみたいだ。

彼女は驚いた様子で即座に距離を取り、弾かれた手をプラプラと左右に振る。

「すごいな……一瞬で反撃までしてみせるとは」

「みい」

ブルーノに触れるな、とアイビーはレイさんの方を見つめながら、明らかに怒った様子だ。

対してレイさんはアイビーに目を向けることはなく、ジッと僕だけを見つめている。

どうやらレイさんは、今の一瞬の攻防をしたのは僕だと思っているようだった。

訂正をしたいところだけど、そんなことができるような雰囲気でもない。

すぐに何かしようとしてきたあたり、レイさんはその、かなり……おかんむりなようだから。

「殺しはしない……が、少し本気でいかせてもらうっ！」

鞘と刀身が擦れるスラリという音。

抜き身になった直剣は、赤く輝いている。

一目見て、ただの剣じゃない。

恐らくはダンジョンなんかから産出すると噂の、マジックウェポンってやつかもしれない。

「みいっ」

任せて、とアイビーの声。

「うん、任せるよ」

だから僕は、アイビーを信じる。

レイさんは相当に強いと思う。

けれどうちのアイビーだって……それに負けないくらい強いんだから。

ガィン！

キィン！

まるで光が瞬くかのように、レイさんの姿が現れては消えていく。

その高速移動は、本気を出したときのシャノンさんを彷彿とさせた。

僕の視界で捉えることのできる範囲を超えて、アイビーが結界を張っている三百六十度あらゆるところから、僕目掛けて攻撃を繰り出している。

使っている剣と結界がぶつかり、甲高い音が鳴り続ける。

最初は一度ずつ、散発的に鳴っていた音の間隔が、時間が経つごとにどんどんと早くなっている。

ガガガガガガッ！

数分もすると、連続した攻撃が繰り返されるせいで、まるで魔道具で地面を掘り返す時のような、お腹に響くような音が、地響きを伴いながら聞こえ出す。

僕は平気そうな顔をしながら、だらだらととんでもない量の汗を背中に掻いていた。

「ふっ、余裕……というわけか！　さすが、勇者を名乗るだけのことはあるっ！」

(違います名乗ってません助けて下さい僕が悪かったですからぁ！)

内心ではびくついていて冷や汗を掻いているのを隠しながら、なんでもないような顔を装って腕を組む。

今、アイビーが張っている結界のすぐ外側では、暴風のような剣閃が飛び回っている。

一歩でも結界の範囲外に出ようものなら、僕の身体は鮮やかなブロック肉に刻まれてしまうことだろう。

(ちょ、ちょっとアイビー。これって僕がやってる感じをしばらくは維持するの!?)

(みっ、みみぃみぃっ！)

今はそうして、と彼女がこしょこしょと鳴く。

どうやらアイビーは、自分ではなく僕を矢面に立たせるつもりらしい。

一応僕もアイビーの力を使うことはできる。

彼女のように万能に使いこなせるわけではないから、ちゃんと使えるのは結界と攻撃魔法をいくつか、あとは回復魔法も少々って感じ。

前の黒の軍勢の襲来の時に使ったのが、実戦では最初で最後だったりする。

でもあの時は、前に立つことで精一杯だったから、正直あんまり覚えていない。

こんな強いレイさん相手に、アイビーとの力の共有を、ぶっつけ本番で……そんなこと、僕にできるんだろうか。

――いや、違う。

やらなくちゃいけないんだ。

これは僕がアイビーと一緒にいるために乗り越えなくちゃいけない試練に違いない。

……よし、やってやるぞっ！

「アイビー！」

「みっ！」

アイビーが結界を解除する。

解除した結界によって弾かれなかったレイさんの剣が、僕目掛けて襲いかかってくる。

右手を挙げて、手のひらを相手に向ける。

そして目の前に、結界を発生させた。

僕が発生させたのは、先ほどまでとは違い与えられた衝撃を相手にはじき返す、カウンターの結界。

「ぐうっ!?」

自分が振り下ろした剣の衝撃をモロに食らう形になったレイさんが、この戦闘中初めて姿勢を崩す。

僕にはレイさんの動きをまともに捉えられるだけの動体視力は無い。

だから今このタイミングが――僕に与えられた、唯一の好機っ!!

「ふっ!」

倒れたレイさんの脇目掛けて、魔法を発動させる。

使うのはシングルアクションの一番単純な魔法。

光の矢を出し、それを前に飛ばすというシンプルな初級魔法――ライトアロー。

それをアイビーの有り余る魔力を注ぎ込むことで、威力と速度を上げて放つ。

ただの一撃で勝負がつくかはわからない。

だから僕はそこで、一工夫加えることにした。

そこでイメージするのは、黒の軍勢と戦っていた時に本気のアイビーが使っていた、大量のライトアロー。

色んな魔物目掛けて大量に放っていたあれを、レイさん一人に向けて放つイメージをする。

ライトアローの後ろにライトアロー、その後ろに新たなライトアロー、またその後ろに……と、ライトアローが一本の光線になるように連続させる。

「どっせえええええい！」

それらの合わせて八本のライトアローを同時に発射する。

すると、僕が想像していなかったことが起こった。

後ろのライトアローが前のライトアローを突き出す。

そして突き出されたライトアローが更にそのまた前のを……といったように、ライトアロー同士がぶつかり合うことで、加速し始めたのだ。

パチュンッ！

そしてライトアローは――音を置き去りにした。

「……ぐふっ」

一撃をもらったレイさんは、そのままばたりと地面に倒れ込む。

後には自力で魔法を放って息を荒らげている僕と、即座にレイさんを治療し出すアイビー、そして少し離れた場所からグルゥと喉を鳴らすサンシタが残ったのだった――。

「ん……ここは……？」

とりあえず倒れてしまったレイさんを持ち上げて家の中へと入り。

アイビーが怪我を治し終えてからベッドで眠ってもらうことしばし。

食事が終えてからはすることもなかった僕は、アイビーのことをつんつんと指さしてスキンシップをして時間をつぶしていると、ようやくレイさんが目を覚ましてくれた。

ほっ、よかったぁ。

このまま目を覚まさないんじゃないかって、ちょっとだけひやひやしたよ。

「こんばんは、レイさん」

「私は……負けたのか……」

上体を起こしたレイさんは、ズズゥンとどす黒いオーラを発しながらうなだれてしまう。

彼女が着けていた鎧はさすがに寝苦しそうだったので脱がせているため、今の彼女は鎧下を着ただけのかなりラフな格好だ。

そ、そんなにショックだったのか。

だったらあんまり無理はしないで、大人しく負けを認めていた方がよかったかも……。

さすがに命までは取られなかったと思うし。

「う……ぐすっ、ひっく……」

僕が衝撃を受けて動けなくなっていると、気付けばレイさんは泣き出してしまっていた。

ぼ、僕はいったいどうすればいいの!?

女の子が泣くのを見るのなんて初めてだから、何をすればいいのかまったくわからないんだけど!?

「みぃっ」

アイビーが彼女の私物であるハンカチをふわふわと浮かせて、レイさんに差し出す。

「あ、ありがとっ……」

今までの気丈な態度が嘘だったみたいに、普通の女の子にしか見えないレイさん。

そんな彼女にスッとハンカチを渡せるアイビーは、相変わらずとても頼もしい。

……僕よりイケメン度が高いのはちょっと複雑だけどさ。

「……ふうっ。しかし、こうもあっさりと、完膚なきまでに負けてしまうとは。悔しいというか、なんというか……言葉では上手く表せそうにないな」

まだ少しだけ鼻が赤くなっていたが、どうやらレイさんはいつもの調子を取り戻したようだ。

彼女は先ほどの醜態を忘れてほしいからか、んんっと喉を鳴らしてから、気を取り直そうと頑張っている。

なので僕も何も言わず、調子を合わせておくことにした。

「あの、レイさん、僕……」

「ふふっ、言わずともわかっているさ。今の私では、ブルーノには遠く及ばないということがな」

い、いや、そういうことが言いたいんじゃないんですが……と言いたくなったけどグッとこらえる。

ここは合わせておくんだ、またレイさんが泣き出したら、今度こそどうにもならないかもしれないんだから。

「私は幼い頃から鍛錬を続けてきた。周囲からの期待を一身に背負って、がむしゃらに前を向いて……。けれどそれだけでは、ダメだった、ということなのだろうな……」

「いや、ダメだなんてことは……」

「しょせん私は、井の中の蛙だったということだ。私は外の世界を知らなすぎる。きっと世界には、私よりも強い人がまだまだ沢山いるんだろうな……」

いえ、そんなことないと思います。

アイビーが凄すぎるだけで、レイさんはめちゃくちゃ強いと思いますよ。

そもそもグリフォンのサンシタの歯茎から出血させる時点でおかしいですし。

というかそもそもの話、レイさんはいったい何者なんだろうか。

外に出ずにひたすらに武者修行をしていた武芸者、とかなのかな。

「みいっ」

ハハッと乾いた笑いをこぼすレイさんを見て、アイビーが私に考えがあるから黙って見ててと告げてくる。

黙って見てて、だなんて君にしては珍しく頑なだね。

うん、大丈夫だよ。

アイビーに任せるから。

「みぃ」

ありがとう、と軽く告げてから、アイビーは僕の肩から飛ぶ。

そしてふよふよと浮きながら、レイさんの方へと向かっていく。

「ふふっ、どうしたんだアイビー。私を慰めてくれるのか？」

「みいっ、みみぃっ！」

アイビーはつぶらな瞳でレイさんを見つめている。

彼女が言ったことを聞いて、僕は度肝を抜かれた。

レイさんはうんうんと聞いているが、アイビーが何を言っているかまではわからないようだ。

たまらず僕の方を向いて、何を言っているのかを伝えてほしいという表情をしてくる。

そんな彼女に対して、僕は苦笑しながらアイビーの言葉を翻訳して伝える。

「アイビーが……レイさんのことを、弟子に取りたいと。あなたはもっともっと、強くなれるからと」

「――なんとっ!?」

アイビー、君はレイさんを……いったいどうするつもりなんだい？

「アイビーが並々ならぬ亀だということは、私も理解はしているつもりだが……」

どうやら僕のことは勘違いしたままみたいだけど、レイさんの方もアイビーの強さを見抜いているようだった。

「みぃっ！　みぃみぃっ！」

……それって、どういう意味だい？

ちょっと抽象的だから、よくわからないんだけど……。

「ブルーノ、アイビーはいったいなんと？」

真剣な顔をしているレイさんに、アイビーが言っていたことをそのまま伝える。

「えっと……このままだと、レイさんは『本当になりたいもの』になれずに終わるって言ってます」

「――なんだとっ!?」

物凄い、にらんでいるかのような形相をするレイさん。

どうやら僕にはよくわからなかったアイビーの言葉も、彼女にはしっかりと響いているみたいだった。

「アイビーにはなんでもお見通し、というわけか……」

「みぃっ！」

『私にできないことなんてないの！』とアイビー。

たしかによく考えてみると、今まで彼女にできなかったことなんて、ほとんどないような気がする。

彼女は僕の自慢の家族だ。

レイさんはううんと唸りながら腕を組んで、難しそうな顔をしている。

待つことしばし。

サンシタがすることもなくくああっと大きく口を開いてあくびをしたところで、レイさんが立ち上がる。

そして既に肩から下り、僕がギリギリ乗れるくらいのサイズになったアイビーの方へと歩いていく。

レイさんはそのまま、すっと腰を落とした。

「私には何人か師匠のような人達がいる。彼らは皆、大してできもよくない私のことをしっかりと育ててくれた。私にはやらなければならないことがある、叶えなければならないものがある。そしてそのためにこの身命を賭して尽くすことこそが我が使命」

レイさんは片膝を曲げ、目を伏せがちにして頭を下げる。

その姿は、非常に堂に入っていて、まるで騎士が王に剣を捧げる時のように様になっている。

「アイビー……いや、アイビー殿。是非とも私にあなたの持つ力を、ご教授願えるとありがたい。

よろしく頼む」

「みいっ！」

少しだけサイズの小さくなったアイビーが、スッと右前足を上げる。

その足に、レイさんがそっと手を重ねた。

今のアイビーが何を言っているのか、レイさんにはしっかりとわかっているみたいだ。

こうして僕があわあわとしているうちに事態は急転直下に進み、レイさんはアイビーの弟子になった。

あれよあれよといううちに怒濤の展開が続いたせいで、なんだか夢でも見ているみたいだ。

とりあえずレイさんはしばらくの間、うちに逗留することになるということで話がついた。

これからよろしくお願いしますね、レイさん。

うちは色々と変わってるところも多いと思いますけど……きっと退屈はさせないですから。


「ぐるうううううんっ!!」

今の僕には、宙に浮かぶ空の覇者の姿が見えている。

けれど彼――サンシタは自力で空を飛んでいるわけではない。

魔法攻撃を受けて、吹っ飛ばされているのだ。

今サンシタが戦っている相手は——。

「タイダルウェイブ！」

手を伸ばして意識を集中させているレイさんだ。

さっき放ったのは嵐のように強い勢いの強風だった。

そして今彼女の指先からは、まるで大雨が降った後に起こる洪水のように物凄い勢いで水が飛び出している。

恐らく水の上級魔法をモロに食らい、サンシタが飛んでいく勢いが更に増した。

全身を風の刃で刻まれ、そして水浸しになりながらウォータージェットに勢いよく飛ばされているサンシタ。

とてもではないけど、自由に空を駆けることなんてできなそうだ。

空の覇者とはいったい……。

「ぐ——グルウゥッ！」

けれどサンシタもさすがは一等級魔物なだけはあり、魔法の威力が弱まってからすぐに体勢を立て直して着地した。

サンシタはそのまま、大地を駆けてレイさんの下へと向かう。

その嘴の中からは光が漏れている。

恐らく、空を飛ばずに駆けているのはあの魔法を使うためだと思う。

サンシタはわりと不器用な方だから、いくつもの魔法を同時に使ったりできないしね。

その走る速度は速い。

空を飛ぶから忘れがちだけど、そもそもグリフォンは鳥の顔に獅子の身体を持つ魔物だ。

そのスピードは、四足歩行の肉食動物のそれだ。

あっという間にレイさんの下へと辿り着いてしまう。

そして近付く頃には、既に魔法も発動の準備を終えているようだった。

レイさんが剣を構える。

その姿は初めて素振りを目にした時と同じくらい、とっても様になっていた。

サンシタはその鋭い爪を前に出した。

なんらかの魔法的な効果が働いているからか、彼の爪は鉄であっても容易く引き裂いてしまうだけのパワーがある。

けれどその爪撃は空を切った。

レイさんは軽やかな動きで、サンシタの攻撃をかわしてみせたのだ。

次にサンシタは嘴を使ってつつこうとする構えを見せた。

それに対しレイさんは先ほどまでのステップを止め、その足をしっかりと大地に固定させて迎え撃とうとする。

サンシタが口から魔法を吐き出そうとしているのは僕にもわかるんだから、当然彼女もわかっているはず。

サンシタの嘴と、レイさんの持つ剣が激突する。

キィンという硬質な音。

そしてそのまま、サンシタは流れるように口を開いた。

そこには先ほどから準備をしていた激しい光が明滅している。

魔法を迎撃する構えを見せるレイさん。

その全身から突如として、オーラのようなものが立ち上った。

間違いない、真っ向から攻撃に立ち向かうつもりなんだ。

レイさんの身体から湧き出してきた光は、彼女の持つ一本の剣に吸い込まれるように収束していく。

「ガルルルッ！」

「ぜええあああああっ！」

サンシタの口から発されたビームと、レイさんの持つ剣から放たれる光が激突する。

「わっ、まぶしっ！」

光の奔流が網膜を焼き、僕の視界は白で埋め尽くされた。

「みいっ」

仕方ないわね、とアイビーが痛くてどこかひりひりとする僕の目を治してくれる。

ゆっくりと目を開けると、光は収まっていた。

そしてそこに立っていたのは――。

「ぐる……」

サンシタだった。

けれどその身体は、ひどく満身創痍だ。

あれほど綺麗に揃っていた毛並みは見るも無惨なことになっており、各所がちりちりと焦げていた。

よく見れば今も火は消えてはいなくて、胸元のあたりが赤くなっている。

「ぐ……る……」

力尽きたのか、前足からスッと力が抜ける。

そのままサンシタは地面に倒れ伏す。

見れば胸は小さく動いている。

どうやら意識を失っただけみたいだ。

サンシタが立っている時は気付かなかったが、彼が地面に倒れ込んだことでその後ろにある、小さな影が見えてくる。

そこにいたのは――片膝を地面につけたレイさんだった。

荒い息を吐いてはいながらも、意識を失ってはいない。

「ふうっ、ふうっ……」

何度かゆっくりと深呼吸をしてから、レイさんが立ち上がる。

彼女も鎧のうちのかなりの部分が焦げてしまっていたが、身体の傷はそれほど大きくはない。

アイビーが、試合終了を示すために前足を打ち合わせようとして……前足の長さが足りずに、くっつく前に止まってしまう。

彼女は少しだけ悲しそうな顔をしてから、気を取り直して両の前足で地面を叩き。

「みいっ！」

そして怪我だらけの二人を、回復魔法で癒やしてあげた。

今サンシタとレイさんにしてもらったのは、いわゆる模擬戦というやつだ。

アイビーはスパルタなので、最後には自分が治すからと彼女達に一度全力で戦ってもらったのである。

結果は、想像以上と言っていいと思う。

最近はサンシタが野性を失いすぎているせいでつい忘れかけていたが、やはり空の覇者は強かった。

見ている感じ、以前シャノンさんとアイビーにボコボコにされていた時と比べると、動きが格段によくなっている気がしたな。

アイビーと共に暮らしてたまに彼女の鬼のシゴキを受けるうちに、前よりずっと強くなっている気がする。

そしてそんなサンシタとまともに戦って勝ててしまうレイさんも結構めちゃくちゃだ。

間違いなく一等級冒険者クラスの強さはあると思う。

魔物被害は減ったとはいえ、実力者の情報を上の人は知っておいた方がいいと思うし、辺境伯かギルマスあたりに一度話をしに行った方がいいだろうなぁ。

「みいっ、みいみいっ！」

「――ブルーノ、アイビー殿はなんと言っているのだ？」

「次は私とやってみなさいって」

「そ、それは――いや、臆してはダメだ！　不肖ながら、お相手つかまつる！」

大きくなったアイビーとレイさんが戦い始める。

僕が背中を向けると、背後から七色の光が物凄い勢いで輝きだしたけど……気にしないでおこう。

レイさんの悲鳴が聞こえてくるような気もするけど、きっと幻聴だ。

うん、そうに違いない。

僕が歩いて行くのは、はしっこの方で地面に爪を立てているサンシタだった。

負けてしょぼくれているみたいで、目をうるうるさせながら何やら絵を描いている。

よく見るとそれは、沢山のグリフォンから慕われているサンシタの絵だった。

つ、爪のサイズ結構大きいのに器用だね……。

「ぐるぅ……ぐるぐる、ぐるっ！」

あっし、負けやした。

わけもわからん、気に食わない新入りに負けちまいやした。

あっし、もっと強くなりやす。

アイビーの姉御とブルーノの兄貴の隣にいるのは、あっしなんです。

といった具合で、どうやらかなり落ち込んでいる様子だ。

――大丈夫だよサンシタ。

周りが凄すぎるだけで、君も絶対強くなってる。

きっといつか、他のグリフォン達を見返すくらいに強くなれてるさ。

そう言って慰めてやると、サンシタにすごい勢いで抱きつかれた。

こうして僕らは、レイさんが気絶するまで二人でじゃれ合っているのだった。

シゴキが終わったアイビーがすぐにサンシタを押しのけたのは……まあ言うまでもないよね。

That turtle,
the storongest on earth

第二章

新たな日常

結局レイさんはアイビーが預かることになった。

でもどうやらレイさんはレイさんでかなり忙しいようで、たまにここに遊びにくるような形になった。

こちらにやってきた時には、アイビーが修行をつけてあげるような形だ。

そして時たま、僕がレイさんの相手をしたりもするようになった。

おかげで僕の方も、普段することのなかった強い人との戦闘経験というやつを積めるようになった。

アイビーは、僕と戦うのだけは絶対に嫌がる。

前に一度だけ戦ってみたことがあるんだけど、アイビーの魔法が僕に切り傷をつけただけで、彼女は取り乱して泣き出してしまった。

彼女の性根は優しいのだ。

本当に優しいんなら心を鬼にして僕を鍛えるべきだなんて考えもあるかもしれないけれど、僕はそうは思わない。

アイビーは人によっては甘いと思ってしまうくらいに優しい。

だから大切な人を、たとえ訓練だろうと傷つけたくないのだ。

そしてきっと、そんなことをしなくても済むように、彼女は強くなったんだと思う。

ちなみに僕はアイビーと違って上手く手加減ができないから、基本的にレイさんを瞬殺してしまう。

アイビーが言うには少しずつタイムは伸びているらしいけど、戦うことに完全に意識を集中させている僕からするとその微妙な違いは感じ取れてはいない。

一瞬で倒してしまってては修行にならないような気がするけれど、どうやらこれでいいらしい。

レイさんは次の目標を僕と定めて頑張っているみたいだから、むしろその方がやる気が出るだろうということらしい。

知らなかったけれど、どうやらアイビーは人を教えて導く指導者としての能力も持っているらしい。

まだまだ彼女の新しい一面を見ることができて、僕としても嬉しい限りだ。

アイビーが何を考えているかはわからないけれど、そういうことならと僕も特に手を抜いたりはしていない。

ていうか、手を抜いて戦えるほど器用じゃないしさ。

そしてレイさんは一通り修行が終わると、僕達の家に一晩泊まっていき、アイビーと慎ましやかな女子会を開き、朝まで話をしてからゆっくりと家を出て行く。

なんだか師弟関係というより、たまに遊びに来る友達みたいな感じな気がするけど……当人達が気にしてないんなら、僕がとやかく言う必要もないよね。

そんな日々が続いていると、また新たな来客があった。

伝えよう伝えようと思っていたけれど、なんやかんやで忘れていた、レイさんについての報告。

どうやら何も言わない僕らにしびれを切らしたみたいで、アイビー共々辺境伯邸から呼び出しがかかってしまったのだ——。


「……というわけです」

「ふむ、なるほどな……」

エンドルド辺境伯は僕のざっくりとした説明を耳にして、うんうんと唸っていた。

ちなみにアイビーごと呼び出されたが、今僕は一人だ。

アイビーはカーチャに連れて行かれてしまった。

どうやらレイさんを鍛えたりしているうちについついご無沙汰になっていたのが不満だったのか、問答無用だった。

きっとアイビーは今頃、カーチャのご機嫌取りで忙しくしていることだろう。

僕の方も僕の方で、エンドルド辺境伯のご機嫌を上手く取らなくちゃいけない。

どっちがいいかと言われると、正直僕の方が貧乏くじを引かされているような気がしないでもない。

「最近はレイさんに買い物をしてきてもらっているので、前より外に行く機会も減りましたね」

「ああ、そう聞いている。アイビー達が外に出ない分、こっちも色々と動かせてもらってるぞ」

な、何をやってるんだろう。

ちょっと気になるけど……聞くのが怖い気もする。

下手にやぶ蛇になってしまわないよう、触れないのが吉かな。

僕が少しだけ考えていると、どうやらその間に辺境伯は何倍も色んなことを考えていたらしい。

彼は眉間の皺を少しだけ深くしてから、こちらを向く。

「正直なことを言えば言いたいことも聞きたいことも死ぬほどあるが……ブルーノ、一つだけ聞かせてくれ」

「はい、なんでしょう。僕に答えられる質問であれば」

「あのレイとかいう女は……いったい何者だ？」

え、何者って……レイさんは、凄腕冒険者でしょう。

……いや、前に冒険者みたいなことをしていると言ってたから、冒険者登録はしてないけど強力な魔物を倒してる魔物ハンター……とかなのかな？

「まずそもそもの話をすると、レイは冒険者登録をしていない。記録を当たらせたが、似たような冒険者が除名されたような例もなかった」

まあ、それはそうだと思う。

レイさんはそんな除名されるようなことをするような人ではないだろうし。

でもレイさんの正体か……。

「お前の話を聞いた限り、そして目撃者達の話を聞く限り、レイはかなりの実力者なんだろう？

そんな人物が、これまでまったく口の端にも上らないのも、普通に考えればおかしなことだ」

そういうものなんだろうか？

辺境伯ほど色々な物を知っている人からすると、たしかにそんな風に見えるのかもしれない。

でもなぁ、アイビーのことだって僕が冒険者として活動するまではまったく広まっていなかったわけだし。

案外この世の中には、巷に知られていない実力者ってたくさんいるんじゃないかな。

レイさんはきっと、そんな中の一人ってだけなんだと思うんだけど。

でもどうやら辺境伯は、僕とはまったく違う考え方をしているみたいだ。

たしかに、彼の立場から考えればそれも当然のこととは思う。

領内にいる、なんだかよくわからない強い人。

為政者の側から見たら、それほど扱いにくい人というのもいないだろう。

だけど、辺境伯の心配は杞憂だと思う。

僕は剣術の心得だとか、武道の精神だとかはよくわからないけれど。

それでもしゃんとして剣を振るっているレイさんを見れば、彼女が邪な人間じゃないってわかる気がするんだ。

それに、もし僕の予想が外れていたとしても、何も問題はない。

——問題が起きたのなら、それを解決すればいいだけだからね。

「エンドルド辺境伯」

「ん、なんだ？」

「心配要りませんよ。もしレイさんが悪い人だったなら、その時は——僕が、彼女を倒します」

それは、僕なりの覚悟だった。

きっと同じ時間を過ごしたレイさんと戦うとなれば、アイビーは傷つく。

彼女はまたいつものように実にあっさりと彼女を倒し、そして心の奥で泣くことになるだろう。

けれどもう、彼女だけに悲劇を押しつけたりはしない。

できることをするって、そう決めたんだから。

決意が身体から漲ったからか、僕の身体から風が吹き出す。

室内を舞う風達に、辺境伯の髪が巻き上げられた。

彼はこちらをゾッとしたような顔で見て、そして……そうかとだけ小さく呟いた。

「——ブルーノ、それならその時はよろしく頼む」

「はい、もちろんです。まあそんなことにならないのが一番ですけどね」

「ははっ、違いない」

辺境伯はそれきり、レイさんの話はしなくなった。

どうやら僕とアイビーがいればどうにでもなると考え方を変えたらしい。

この頭の柔軟さというか、いい意味で常識に囚われない感じが辺境伯のすごいところだと思う。

僕が偉い立場の人になったら、きっと頭が凝り固まって良くも悪くも平凡な判断しか下せないと思うから。

まあ僕が貴族なんて、普通に考えてあるはずないけどさ。

……ちょっとだけ背筋に寒気が走ったのはどうしてだろう？

「それじゃあ次だな、こいつを見てくれ」

気を取り直した辺境伯が木箱を差し出してくる。

くくってある紐をほどいて開いてみると、中には食べ物が入っていた。

え、これは……？

「アイビー、ですか？」

「そう、この街の新たなご当地名物、アイビー焼きだ」

箱の中から現れたのは、手乗りサイズのアイビー……の形をしたお菓子だった。

表面はこんがりと焼かれて茶色になっていて、つぶらな瞳はきちんと何かで黒く塗られている。

細かい職人芸が光ってるなぁ。

でもアイビー焼きって……と不審げな顔をしている僕に、辺境伯は食べてみろと言ってくる。

ぱくりと食べてみると、優しい甘さが広がった。

中に入っているのは、赤い餡のような何かとどろっとした黄色い液体だった。

この甘さは……ハチミツかな？

「アクープの街の奴らの中には、未だアイビーを怖がっているやつも多いのは、恐らくお前もアイビーも知っていることだと思う」

「それは……はい。最近はそのせいで、アイビーのことをあまり街に連れてこないようにしているので」

「これはそんな奴らの意識を変えるための一手だ。俺はアクープの街の中でアイビーグッズを流行らせることで、アイビーをマスコット的な存在にしてしまうつもりだ」

「マ、マスコットですか……」

どうやらエンドルド辺境伯も、街を守ってくれたアイビーのことをよく思わない人達のことを苦々しく思っているらしい。

彼らのその考えを払拭させるためには、アイビーをアイドルにするしかないと力説してくる。

アイドルにマスコット……本人はこの話を聞いたら、どんな風に思うだろうか。

……でも、嫌われたりするよりかは、かわいがられた方がずっといい。

「どんどん推し進めちゃって下さい」

「おうともよ」

辺境伯はこれからアイビーの焼き物や木像、アイビー印の焼き印を入れた公式グッズの発売なども大々的に行うらしい。

やっぱり辺境伯は、全然貴族っぽくないと思う。

けれどそのいい意味での俗っぽさによって、アイビーのアクープの街での立場は、徐々に変わっていくのだった……。

「よっと……なんだか、ちょっと変な感じがしない？」

「グルゥ？」

そんなのまったく感じやせんけどねぇと唸るサンシタから下りて、ズボンの砂埃を払う。

……なんだかいつもより、視線がねっとりというかなんというか、変な感じがするのだ。

僕も最近、敵意や害意、殺気みたいなものをなんとなく感じ取れるようになってきた。

でもこれはそういうのとは違う、害意を感じない視線のような気が……。

不自然にならないように周囲を確認してみると、僕に熱視線を送っているのは年齢層が低めの子供達だった。

皆一様に、目をきらきらと輝かせている。

グリフォンが街に降り立ってくるのはもうアクープでは珍しいことではないから、彼らの興味を引くとはちょっと考えづらい。

でもそれなら、いったいどうして……？

行く道に立ち塞がる子供の一人が、大きく口を開く。

そして前歯の抜けている顔をくしゃっと歪めて、

「今日はアイビーいないの？」

と聞いてきた。

……え、勘違いじゃなければ今この子、アイビーのこと聞いてきたよね？

「ねえ今日はアイビーいないの？」

「そういえば最近アイビーいないよね、風邪引いちゃった？」

わらわらと集まってくる他の子達が聞いてくるのも、最近ようやっとちょっと有名になった僕ではなくアイビーのことばかり。

子供っていうのは流行り廃りに非常に敏感な生き物だ。

となると今の最先端はアイビーってことに……？

もうちょっと待ってて、すぐ連れてくるからと約束をしてなんとか子供達を引き剝がす。

そして少し落ち着いてからアクープの街を散策してみると、彼らがどうしてあんなにはしゃいでいたかがよくわかった。

「よぉ英雄、アイビー焼き買っていかないかい？」

大通りにある露店では、どこかで見たことのあるシルエットをした焼き菓子があった。

買ってみると、中に入っているのはハチミツと以前見たずいぶんと紫色をした餡だった。

どうやら既にマイナーチェンジが進んでいるらしい。

これは紫芋を使ったアイビー焼きみたいだ。

「さあさあ、アクープ名物アイビーの魔除け像はいかがかね！」

道を曲がったところにある雑貨屋には、手乗りサイズより少し大きめな肩乗りサイズのアイビーの木彫りの像が売られていた。

どうやらグレード順に並んでいるようで、一番左にあるのがシンプルな木彫り像。

その少し右側には、赤い染料で塗られた木彫り像があり、更に右に行くと金属製の黒光りしたアイビー像がある。

本来の綺麗な蒼色の彼女に慣れ親しんできた僕からすると違和感しかないけれど……でもなんだか、ちょっと嬉しい。

みんながアイビーのことを認めてくれたみたいで。

「ねえおじさん、このアイビーの魔除け像は売れてるの？」

「ん、まあぼちぼちだが売り上げ的には抜群だな。領主様がアイビーに関連したグッズの税を下げる通達を出したおかげで、今やアクープの街の商人はいかにアイビーに関連した商品を出すかで頭を悩ませてる最中よ」

どうやら魔物の大軍を倒したことで得られた素材や隣国との関係が安定、魔蜂を始めとした魔物の飼育が軌道に乗ったりといったいくつもの好条件のおかげで、各地から商人が集まってきているらしい。

彼も色んな噂を聞きつけてやってきたばかりであり、見よう見まねでアイビーを作り始めたばかりだという。

僕の姿を知らないんだから、相当に新参なんだろう。

どうやら人の出入りはかなり活発になってるみたいだ。

……どうりでちょっと目つきとかきついなと思ってたんだ。

というか、何やってるんですか辺境伯。

それから街を歩いてみても、道をゆけば見えてくるのはアイビーまたアイビー。

別に税が下がるわけでもないだろうに、食堂なんかにアイビーのタイアップ料理なんかも出ていた。

青色のアイビーアイス……アイビーは甘い物好きだけど、さすがに自分の名前がついたデザートは……どうだろうか？

今、アクープの街には空前のアイビーブームが起こっている。

アイビーがまたアクープの街に溶け込むためには……乗るしかない、このビッグウェーブに。

僕はサンシタの下まで駆けていき、そのまま家に帰る。

そして気絶するレイさんを治しているアイビーに近付いていき、事情を説明するのだった——。


「みぃ……」

なるほどね……僕が事情を話し終えた時、アイビーはそう言ったきり黙ってしまった。

考えている様子なので、僕はレイさんを連れていくことにした。

白目を剝いていたので見なかったことにしてそっと瞼を下ろしてあげ、ひょいっと抱いて家へと歩いていく。

魔法で力を強化しているのでらくらくだ。

格好としてはお姫様抱っこなのだけれど、もう慣れているので緊張することもない。

レイさんって獰猛な顔をしたり、時折あるポンコツさが垣間見えたりする瞬間以外は美人さんだから、そりゃ最初は緊張したさ。

でもまあ、美人は三日で慣れるなんて言葉をどこかで聞いたことがあるんだけど、ホントにそんな感じ。

白目剝いたりしてる姿や美味しい物を食べている姿、それに僕に向かって全力で挑んでくる姿なんかを見ているからか、いくら美人でもこう、なんていうんだろう……戦友みたいな感覚が強くて、そういう目で見れなくなってしまったのだ。

彼女が残念美人で、本当によかったと思う。

いつからかレイさんが持ち込んでいた彼女用のベッド（なぜか天蓋付き！）にそっと降ろしてやり、再度アイビーの下へ。

「みぃ……」

いつも即断即決のアイビーにしては珍しく、悩んでいる様子だった。

けれどちょっと考えれば、彼女がなかなか答えが出せない理由を推察することは簡単だ。

――アイビーは、怖いのだ。

また以前のように心ない声をかけられるのが。

彼女は繊細で、優しい子だから。

誰よりも強い亀型魔物であるアイビーも、自分が周囲からどう見られるのかは気にする。

そのあたりは、人間と何も変わらない。

「大丈夫だよ」

だから僕は、優しく声をかけてあげる。

街の様子を見ていないアイビーは不安がるかもしれないけれど、僕はもうそんな心配をする必要が無いと、アクープに住んでいる人達の顔を見て確認していた。

もしかしたらまた、前みたく嫌な言葉をかけてくる人はいるかもしれない。

けれど今なら他の人達が、アイビーのことを守ってくれると思う。

そこら中にアイビーの見た目をした物があふれかえったらすぐにこれか、という点にはちょっと苦笑しちゃうけれど。

まあ人なんてそんなものだよなと考えれば、怒りも湧いてこない。

「行ってみよう。もし何かあったら、今度は僕が……君を守るから」

「……みぃっ！」

アイビーは少しだけ黙ってから……コクンと首を小さく縦に振った。

そしてふよふよと浮かんで、定位置である肩に乗る。

僕は親指と人差し指で輪っかを作って、それを口に含んで大きく息を吸う。

ピイイッと指笛を鳴らすと、すぐにバッサバッサという聞き慣れた翼の音が聞こえてくる。

「ぐるぐるっ！」

サンシタが嬉しそうな顔をしてこちらに近付いてくる。

着地して駆けてくると、どうやらすぐにアイビーの変化に気付いたみたいだ。

さすがに僕らと過ごす時間が長くなってきたのは伊達じゃない。

「よしっ、行こう！」

サンシタの背中に乗って、僕らはアクープの大通りへと向かう。

いつにも増して元気なサンシタのおかげで、目的地に到着するまでは一瞬だった。

「みぃみぃっ！」

行くわよ、とアイビー。

ふんふんと鼻息を鳴らしている。

一緒にサンシタがいるから、さっきまでの弱々しい様子は微塵もない。

弟分がいるところでは空元気を張るのが、なんというか少し微笑ましい。

今日は特に買いたい物があるわけじゃない。

だから適当に街をぶらつこうかと思ったんだけど……。

「わあっ、アイビーだ！」

「ほ……本物だ！」

「キレー！」

あっという間に子供達に囲まれてしまった。

彼女達はアイビーに触れようと手を伸ばしてくるので、レイさんとの特訓で鍛えた回避能力を有効活用して四方八方からの手に対処する。

さすがに余裕があったから、避けている最中にちらっとアイビーを見る。

――彼女はもう、落ち込んではいなかった。

そこに浮かんでいるのは、満面の笑み。

「みいっ！」

アイビーはひとりでに浮かび上がり、誰も居ないところに着地した。

そして地面に四つ足でついた時には、僕を乗せられるくらいのサイズにまで大きくなっている。

目を輝かせた子供達がアイビーにすがりつき、その身体を撫で始める。

「――みい！」

アイビーは優しい目をしながら、それら全てを受け入れるのだった――。


こうしてアイビーを危険視する輩は、アクープの中から面白いくらいにいなくなった。

これは僕の予想だけど、きっと皆のどこかには、街を救った魔物を無下にはしたくない気持ちが残っていたんじゃないかな。

そしてエンドルド辺境伯が、アイビーグッズを作って皆を安心させたおかげで、気付いたんだ。

アイビーのかわいらしさとか、彼女が皆に危害を加えるはずがないっていうことに。

なんにせよ、よかった。

これでまた、アイビーと一緒にアクープの街を歩けそうだ。

家族にはいつだって、笑っていてほしいものだ。

アイビーの笑顔がもう二度と消えてしまわないよう、これからも彼女の支えになってあげられたらいいな。

アイビーは街のマスコットとして、名声を着実に手に入れ始めていた。

今ではアイビーが街に出れば、子供や若い女性がアイビーを見に飛んでくるようになったほどだ。

おかげで僕もアイビーも気兼ねなく一緒にアクープの街に出ることができるようになった。

今までは街の子供達の人気を独り占めしていたサンシタは、アイビーの人気がジワ伸びしてきたことに危機感を感じているらしい。

『あっしは負けやせん！』と何故か対抗意識を燃やし始めたサンシタは、自分の木彫り像を作ろうと魔法の細かい出力の調整ができるように努力を重ねていた。

彼も大概残念な子だと思う。

対抗意識を燃やすんなら、頑張るところ絶対そこじゃないって……。

レイさんの方はというと、彼女は相変わらずたまにうちにお邪魔してアイビーや僕と戦っては一緒にご飯を食べて眠っている。

初めて会った時はすごく肩肘張ったというか、ツンとした人だったけど、今ではずいぶんと和やかになったと思う。

きっと最初は無理をしていて、今の方が素なんだと思うな。

今日もまた、数日ぶりにレイさんがやってきてくれている。

やいのやいのと戦おうと催促してくるのはちょっとあれだけど、まあ彼女も根は素直な子だ。

楽しい一日になったらなと、心から思う。

「ふぅ……今日もなんとかなったな」

「ぐっ、また負けた……」

はぁはぁと息を荒らげるレイさんは、膝をついて悔しそうな顔をしている。

以前は戦えばすぐに気絶してしまっていたのだが、最近では模擬戦が終わっても意識を保てることが増えてきた。

僕も上手く手加減ができるようになったし、レイさんも長いこと耐えられるようになってきた。

二人とも着実に強くなっている……と思う。

僕の場合他に比較対象がアイビーとサンシタしかいないから、まったく実感はできないんだけどさ。

お金と安住の地を探すために冒険者になったのはいいものの。

その二つを手に入れた今、ぶっちゃけ僕らはすることがない。

時間に余裕がない時はあれほど自由になりたい、毎日ひなたぼっこと昼寝だけして生きていたいと思っていたんだけれど。

いざこうして自由な時間がはちゃめちゃに増えると、することないなぁと暇を持て余してしまう不思議。

人生ってままならないよねぇ。

まあ今でも十分幸せではあるんだけどさ。

更に上があるんじゃないかと思ってしまうのが、人の業というやつなのかもしれない。

あ、そういえばレイさんは普段は全然別の場所で暮らしているんだよね。

彼女はいったいどんな風に生活をしてるんだろう？

「ん、私がどんな風に過ごしてるのかだって？」

「はい、そういえば聞いたことなかったなぁと思いまして」

うむむ……と何かを考えるように俯くレイさん。

レイさんも色々と複雑な事情を抱えてそうだから、言えることだけでいいんだけどな。

この人どうも天然というか常識に疎いところがあるから、爆弾をぶち込まれないかちょっとドキドキである。

「私にもブルーノ達のアクープのようなホームがある。基本はそこを拠点にして、師匠達に言われた戦場を回っている感じだ」

「戦場……ってことは、魔物のいる地域ってことでしょうか？」

「ああ、魔物を倒すのが私のしめ……おっと、私の目的だからな」

なんだか危ない気配を感じたのでスルー。

僕がレイさんと知り合って学んだことは、世の中には知らない方がいいことや、首を突っ込みすぎない方がいいことが案外たくさんあるということだ。

彼女が時折口に出す、『それって王国の超有名人のあの人のことでは……？』と思いたくなる人物名も、きっと人違いか、僕の聞き間違いに決まっている。

触らぬ神にたたりなし、くわばらくわばら。

「ちょうど次はザイデンフェルトを東に行った方にあるフューールの街に向かうところだ」

ちなみにエンドルド辺境伯の本名はアルド・フォン・エンドルド＝ザイデンフェルト。

ザイデンフェルトを治めているのはエンドルド辺境伯で、貴族同士ではアルド卿と呼ばれている。

フユールの街を治めるのは辺境伯の寄子であるバッテン子爵。

なので通行自体はそれほど難しくはない。

「どこへ行くんですか？」

「マイネンフユール大樹海だな。そこで少し見過ごせない目撃情報が入ったのだ。なんでも強力な魔物がそこに住んでいるとかいないとかいう話らしい」

「へぇ、そうなんですか」

確たる情報がないのに行こうとするなんてすごいな。

僕だったら無駄足に終わっちゃうかもとか考えて、二の足を踏んじゃうところだ。

「一応同行者もいるにはいるが……ブルーノ達も来るか？」

「いやぁ、僕達はちょっと――」

「みいっ！」

『行く！』というアイビーの力強い返事に面食らうのは僕の方だ。

え、行っちゃっていいの？

たしかにここ最近は特にやることもなくて暇してたけど……。

「みいっ、みみぃっ！」

「アイビー殿はなんと？」

「行く、ブルーノを縄でふん縛っても行くと言ってます」

「ほうほう、アイビー殿もそこまで乗り気なら話は早いな」

こうして僕は乗り気なアイビーに連れられて、アクープの街を出てレイさんに同行することになった。

たしかにもし強い魔物がいるんなら、僕らで退治しちゃった方がいいよね。

よし、いっちょ気合いいれて頑張っていこう！

アクープを出る前に辺境伯から「フュールの街へ、か……くれぐれも、くれぐれも気を付けるようにな！　問題とか起こさないでくれよ！」と必死になって言われる一幕はあったものの、僕達は無事アクープの街を出ることができた。

帰ってきた時にアイビーが皆から忘れられてないといいな、と思いながら門を抜ける。

やってきた御者さんに挨拶をして、お金を少し多めに払って超特急で駆けてもらう。

いつもの乗り合いとは違い、今回は貸し切りだ。

ちなみに今回、サンシタはお留守番である。

グリフォンを連れてその辺を歩いたりすると、絶対に面倒ごとが起きまくる気しかしないからね。

あっしは除け者ってわけですかい……と寂しそうな顔をしていたが、ダメなものはダメなのだ。

アクープなら定住しているからいいけど、行く先々でグリフォンのことを説明して回ってたら疲れちゃって魔物討伐が万全の状態でできない……なんてことになっても本末転倒だし。

馬が疲れすぎないように時折回復魔法をかけてあげて疲労を取ってあげたりしながら、僕達は馬車に揺られて旅路を行く。

「ふわあああぁ……」

「みぃ～……」

街から街までを進む道は日程にすれば三日程度なんだけど、揺れる車内の中だとすることが限られてくる。

僕にできることは、あくびをしながらぼうっと外を眺めるくらいなものだった。

本当なら本が読みたいけれど、馬車の中で本を読むと酔うんだよね。

魔法をかければ治してもらえるけど、気持ち悪くはなるから無理して読もうという気にもならない。

なにもそこまで本の虫ってわけでもないし。

アイビーも眠そうだ。

太陽がピーカン照りなおかげで、陽の光が降り注いできて室内はぽかぽか。

いつものお昼寝の時間ということもあって、僕らはむにゃむにゃとまどろむのだった。


「……ん」

元々浅い眠りなので、何かの拍子にすぐに目は覚める。

今回目が覚めた理由は、雲に隠れて陽光が降り注がなくなった違和感だったみたいだ。

一気に暗くなった気のする室内で伸びをする。

見ればアイビーの方は、ぐでーっと床に身体を預けて気持ちよさそうにしている。

彼女は僕が起きたことに気付いてから、肩の上に乗る。

二人でなんとなく、窓の外を見てみる。

「お、起きたのか」

僕とアイビーが馬車から顔を出すと、そこには馬に乗っているレイさんの姿があった。

彼女は日々これ修行なりという修験僧みたいなことを言いながら、僕達が乗る馬車に併走する形で鞍の上にまたがっている。

魔物討伐の時に疲れないのかと少し疑問に思ったけれど、ふと見た時に寝ながら馬に乗っているのを見て問題なさそうだなと思った。

なんでもレイさんは人馬一体というか、馬に乗っても全然疲れなくなるように訓練を積んでいるらしい。

時折垣間見える彼女の師匠がたのスパルタ加減を見ていると、これから会う人がどんな人物なんだろうかと少し不安になってくる。

変な人じゃないといいんだけど……まず間違いなく、変な人だよなぁ。


待ち合わせ場所へ到着すると同時に、それは起こった。

「ふむ……お主、強いな！　いざ尋常に――勝負ッ！」

ギィンッ！

アイビー目掛けて振り下ろされた真っ黒なロングソードが結界に弾かれる。

ちょ……挨拶もなしにいきなり攻撃してきたよこの人!?

……うわーん、やっぱり変な人でしたぁ！

「みいっ！」

失礼ね、とアイビーが結界を使って攻撃を防ぐ。

本来どんな奇襲にも即応できるように自動で結界が張られるようにしているんだけど、アイビーは防御にあたってそこに更に魔力を追加してその強度を上げていた。

どうやら攻撃してきた相手――レイさんのお師匠様は、それくらいのことをしなければいけないくらいに強いみたいだ。

「うむ、この『龍騎士』ローガン・マインツの攻撃を防ぐとは見事である！」

「ローガン師匠……襲いかかるとは何事です！　いきなり攻撃など、不躾とは思わないのですか！」

「このローガンと同行するには、それ相応の強さが求められる！　その試験のようなものだな、ガッハッハッハッ！」

ローガンさんは四十のおっさんがしないような全力のドヤ顔をしながら腕を組み、空を見上げながら笑っている。

どうやら腕試し的なサムシングらしい。

もし攻撃で一刀両断されてたらどうなんだろうと思ったが、レイさん曰くギリギリで寸止めしたりしなかったりするそうだ。

……寸止めしなかったりするって何!?

それ普通に斬り捨ててない!?

そういうツッコミは無意味らしい。

こうしてなんだかパワフルなローガンさんと同行しながら、僕らはバッテン子爵領を目指すことになったのだった。

前にも言ったけれどバッテン子爵領は、エンドルド辺境伯の寄子のバッテン子爵が治める領地だ。

ここの仲が密接になったのは、前に誰かから聞いたことがある、ここら一体で起こった食糧危機が原因らしい。

その時にこのままではとんでもない量の餓死者が出るということになって踏み切った魔物の家畜化。

ゼニファーさんが一枚噛んでいたらしいそれのおかげで、バッテン子爵領は難を逃れた。

けれど王国から色々と言われていたことを全て無視して魔物を飼育し始めて、好き勝手し始めたエンドルド辺境伯と王国の仲はすこぶる悪くなった。

そのせいで届かなくちゃいけないものが届かなかったり、色々と嫌がらせ的なものがあったりと、それはもう色々なことがあったらしい。

一難去ってまた一難。

その両者の対立のあおりを受けるような形で、周辺の領主達はエンドルド辺境伯に頼らなければ領地経営が立ちゆかなくなってしまった。

そして周辺領地は辺境伯の勢力に組み込まれていき、今では王国もある程度顔色をうかがわなければいけなくなるような一大勢力になってしまったと。

比較的早い段階から辺境伯の側に立っていたバッテン子爵は辺境伯ともかなり仲がいいらしく、いくつか一緒に事業をやったりもしているらしい。

そして僕らはバッテン子爵領のとある街にて、その事業の成果を目の当たりにするのだった。

皆しっかりとした身分を持っているので街に入ることは問題なくできた。

街に入ると、噂に聞いてきた良い匂いがそこら中から漂ってくる。

今日はここで宿を取ることは決めているので、夜になるまでは自由行動だ。

「みいっ、みいみいっ！」

「はいはい、大丈夫だってば。焦らなくても、デザートは逃げないから。レイさん、ローガンさん、ではまたあとで！」

うずうずしているアイビーに連れられて、とりあえず目についたお店に入る。

ファンシーな文字で『ハニートースト専門店はにすと』と記されていた。

そう、このバッテン子爵領では養蜂業が盛んなのだ。

ゼニファーさんが確立させた飼育法を使って、魔蜂という蜂の魔物にハチミツを作ってもらっているらしい。

でもこのお店……なんだかすごく奇抜というか、ビビッドというか。

これが最近の流行というやつなのかな。

なんだか自分がおじさんになってしまったような気分で中に入ってみると、かなり短いスカートを穿いた店員さんが案内してくれる。

アイビーもテラス席であれば同席して問題ないらしい。

毛染め薬でもつかっているのか、店員さんは皆髪の毛の色がカラフルだった。

店のお客さんも、ほとんど女の人だ。

そして店員さん同様、カラーバリエーションに富んだ頭の色をしている。

どうやら僕は、店の選択を明らかに間違えたらしい。

「みいっ！」

……アイビーがなんだか楽しそうだから、まあよしとしよう。

いくつかオプションもあったが、僕達はプレーンなハニートーストを頼む。

やってきたのは、これでもかというほどにハチミツの塗りたくられた食パン。

「おぉ……贅沢だねぇ」

食べてみると……うん、美味しい。

甘くて……けれどしつこくないからするするっと喉を通ってしまう。

ハチミツだけどそんなくどくなくて、どこかさっぱりとした味わいがした。

甘いものはそこまで得意じゃないけど、そんな僕でも一枚なら食べきることができそうなくらいに美味しい。

「みいっ！」

アイビーは上品に、トーストをかじっている。

大変満足そうにニコニコとしている。

けれど目だけはまったく笑っていなかった。

重力魔法を使ってハチミツの一滴も逃さないという彼女の目は、まるで凄腕の狩人のようだ。

なんにせよ、満足してくれたんならよかったよかった。

そして食後、僕はその驚愕のお会計額に度肝を抜かれることになった。

お金に余裕はあるから、別に払えはするけどさ……次はもうちょっと値段とかを見て、お店を選ぶことにしようと、僕は固く決意するのだった――。

次の日、僕達は街を出て目的の場所であるアサイーの森へとやってきていた。

どうやらそこそこ優良な稼ぎどころらしく、歩いているとちょいちょい冒険者の人達とすれ違う。

周囲を警戒しながら進んでいる冒険者の人達の装備を確認する。

うん、少なくとも……一流どころの面子が気合いを入れて攻略するような場所ではないようだ。

なんとなく所作を見ているだけでも、彼らがレイさんやシャノンさんに並ぶ実力者には見えないし。

けれど装備なんかはしっかりと整備が行き渡っている。

鎧にもいくつも傷痕があるけれど、よく見れば細かく補修されているようだし。

「なんだ坊主、ジロジロ見やがって」

「喧嘩なら買うぜ？　……ってもそんな薄っぺらい服しか着てねぇやつと戦って勝っても、何一つ自慢なんかできねぇけどな」

鎧で動きが鈍くなるより、結界を維持したまま高速移動ができるようになった方がいいという提言から、僕は着の身着のままの格好だ。

一応そこそこいい絹の服ではあるんだけど、下手に目立ちたくないからそこまで高級なものを使ってはいない。

麻の服より着心地がいいから、僕的にはこれで十分だったりする。

彼らは僕のことを貧乏だからなんとか薬草採取でもしないと食べていけないような見習い冒険者だと思ったらしい。

かわいそうなものを見るような目で見てから、はんっと鼻で笑ってきた。

「うちのメンバーに何か用か？」

「へ……？　ああいえ、なんでも……メンバー？」

「え、あの人ってローガン様じゃ……そっくりさん？」

冒険者の男は僕を指さして、レイさんを指さして、そしてレイさんの後ろにいるローガンさんの方を指さした。

明らかに僕だけが浮いてる、と言いたいんだろう。

「亀……？」

冒険者の男達は三人組だった。

そのうちの一番後ろにいた魔法使いの男が、僕の肩のあたりを指さす。

そこには『やってやるわよ！』とでも言いたげな様子で小さな手でパンパンと僕の肩を叩くアイビーの姿があった。

おいおい、ここはペットの遊び場じゃねぇぞと三人が笑い出す。

僕は別に何も言わなかった。

冒険者は舐められない方がいいとはよく聞く話だし、僕もそう思っていたんだけど……最近はちょっと考え方が変わってきた。

下手に実力を出して目立ったり怖がられたりするくらいなら、ちょっとバカにされるくらいでちょうどいいと、そんな風に思うようになってきたのだ。

「ちょっとお前達、いい加減に……もがが っ」

「あはは、そうですね～」

僕は何か言いたげな様子のレイさんの口を押さえながら、適当に相槌を打っていた。

馬鹿にされても逆上しない僕のことを、噛みつく価値もない人間と考えたからか、冒険者の人達はすぐに森の奥深くへと消えてしまった。

彼らの姿が見えなくなってからしばらくして、レイさんの拘束をとく。

ぷあっ、と潜水を終えて起き上がったみたいな様子のレイさん。

どうやらかなり怒っているようで、眉間にシワが寄っていた。

「ブルーノ、お前はそれでいいのか！」

「いいって……何がですか？」

「舐められたままでいいのかと聞いている」

「え、別にいいですけど？」

「なんだと!?　どうしてだ！」

別に舐められて実害があるわけじゃないしね。

そりゃアイビーとか僕に危害が加わるっていうんなら話は変わるけど、ああやって口で喧嘩をふっかけてくるような人達に実際に襲いかかってくる度胸はないと思うし。

レイさんが納得していない様子だったが、ローガンさんの方はうむうむとしきりに頷いていた。

「ブルーノ殿には自分の芯というものがある。だから他人の評価などでは揺れぬのだ。レイよ、お前に言うことではないのかもしれないがな……己の根っこにあるものというものがあるかどうかで、人間の価値は大きく変わる。お前にもいずれ……見つかるといいのだがな」

「ローガン師匠……」

レイさんとローガンさんが何か大事そうな話をしていたので、僕とアイビーは努めて耳に入れないようにしていた。

だって多分——ローガンさんってあの『龍騎士』ローガン本人なんだもん！

あの冒険者の人の反応見て、点と点が線になったよ！

時たまちらちらと見られてたのは、アイビーが珍しかったんじゃなくてローガンさんが有名だったからだったってことでしょ!?

というかレイさんも、なんでそんな有名人が師匠なのさ！

いきなり一緒に行動するなんてハードルが高すぎるし！

でも彼女が何者なのかは絶対に聞かないよ！

もっとめんどくさいことになるって、僕の第六感が囁いてるからね！

「ぎゃあああああああああ!!」

内心でため息を吐きながら進んでいると、森の奥から悲鳴が聞こえてきた。

聞き覚えのある……というかさっき僕らに話しかけてきていた冒険者の男の人の声だ。

二人が何か言い出すより速く、僕とアイビーは助けに向かうことにした。

余計なことを考えないように、とりあえず身体を動かして全てを忘れてしまおう。

うん、そうだ、それがいい。

「みぃみぃ……」

現実逃避もほどほどにね、というアイビーのありがたい忠告に苦笑しながらも、僕は更に加速するのだった。

アイビー、男にはね……全てを忘れたくなる時ってやつがあるのさ。

声のするところまで辿り着くと、そこには奇妙な光景が広がっていた。

ぶぅんという、耳障りでいて、聞き慣れた羽音。

夏場にはどこからともなく湧いてくる蚊の羽ばたきの音だ。

そう、僕達の目の前にいるのは——蚊だった。

だが、そのサイズがおかしい。

「ひ、ひいいいいいっっ!?」

さっき僕のことをバカにしていた大男の人に取り付いている蚊は、大男と同じくらいにサイズがデカいのだ。

なので今正に刺されそうになっている針のサイズも、前に漁師さんに見せてもらった銛くらいの長さと幅がある。

人間大の蚊……こうやって目にすると、違和感と嫌悪感が押し寄せてきて、なんかこう、背筋がぞわあああってするな。

見れば蚊の数は十を超えており、三人の周囲を飛び回っていた。

なんにせよ、とにかく彼らを助けなくちゃ。

「アイビー!」

「みっ!」

アイビーが即座に結界を展開する。

男達の周囲を守るように展開された守護結界は、バチンッと大きな音を出して取り付いていた蚊達を弾き飛ばした。

「――シッ！」

僕は蚊達目掛けて、ライトアローを放つ。

一度に制御できる本数の限界、六十四本を放射状に打った。

バキバキバキッ！

すごい音を鳴らしながら、蚊の甲殻が割れていく。

どうやらそれほど魔法耐性は高くないらしく、触れたそばから蚊達の身体に大きな穴が空いていった。

一度の全体攻撃で、巨大蚊達は羽を潰され、胴体に風穴を空けられて倒れていく。

ふぅ、なんとかなってよかった。

「「……」」

先ほどまで自分達がやられると断末魔の悲鳴を上げていた冒険者の人達は、ぽかんとした顔でこちらを見つめている。

自分達の身に何が起こったのかを飲み込むのに、時間がかかっているみたいだ。

「大丈夫でしたか？　さっきの蚊について、詳しい話を聞かせてもらえたらと思うんですけど」

「あ、ああ……」

若干しどろもどろになりながら聞いたところによると、彼らはいきなりあの蚊に襲われたそうだ。

あの蚊の魔物はアイアンモスキートといい、吸血した鉄分を鉄の鎧として己の身に纏うという特性を持っているらしい。

魔物の等級は三等級であり、なかなかに強い。

初心者が薬草摘みにやってくるアサイーの森に出てくるような強さの魔物ではないということだ。

話を聞いているうちにわかったんだけど、どうやら彼らはギルドの依頼で、このアサイーの森に起こる異変を探りに来ていたらしい。

ということは、やっぱり何かおかしな兆候は出ているのだ。

この旅が無駄足にならずに済みそうだ。

「みみみっ！」

『もし何もなくても、パンケーキのお店を見つけたって収穫があるわ！』とアイビー。

僕は甘ったるくてもういいかなと思ったけど、どうやら彼女は大分気に入ったらしい。

帰りの旅路にもう一度、お店に寄らせてもらうことにしよう。

「あの、その……すまなかったな」

「え、何がですか？」

「お前達のこと、バカにしちまって。見た目が強さとイコールじゃねえって、冒険者ならわかってるはずなのによ。俺らは見捨てられても仕方ねぇようなことをしたはずだ」

「いえいえ、別にバカにされたくらいで怒らないですよ」

彼らはどうやら反省したらしく、しょぼんとしている。

別にホントに気にしてないいんだけどな。

それに小馬鹿にされたくらいで人を見捨てるほど、僕は薄情じゃない。

むしろそんな風に思われる方が心外だよ、まったくもう。

「まったくその通りだ！　ブルーノはお前らのことを見捨てて先に進んでもなんら問題なかったんだからな！」

いつの間にか僕達に追いついていたレイさんが、胸を張りながら腕を組んでふんぞり返っている。

腕に押し上げられる形で、胸が強調される。

気恥ずかしくなった僕は、思わず目を背ける。

しょぼんとして俯いている同業者達に、僕の醜態を見られずに済んで一安心。

「み！」

けれど『スケベ！』と叫ぶアイビーには、どうやら全てを見られていたらしい。

冒険者に負けないくらいしょぼんとしていると、ようやくローガンさんの姿が見えてきた。

気落ちしてる場合じゃない。

異変の原因を調べるために、森の奥へ行かなくちゃ。

行こうとする僕らの背中に声がかかる。

「さっき、虫達の背中に妙な人影を見た！　とにかく気をつけてくれ」

「ありがとうございます！」

貴重な目撃情報を教えてもらったことに感謝しながら、僕らは先へと進んでいく――。


魔物を倒しながら奥へと進んでいく。

出てくる魔物は、どれもこれも昆虫型のものばかりだった。

角が三本あるカブトムシとクワガタの合いの子みたいなやつに、人を丸飲みできそうなサイズのカナブンまで。

現れるようになったのは、明らかにこのアサイーの森には出てこないような強力な魔物ばかり。

あのアイアンモスキートが例外だったわけじゃなかった。

今ではもう、この森は虫達の楽園になってしまっているのだ。

そしてその原因は――最奥まで行けばすぐにわかった。

「お――――ほっほっほっほっほっほっほっ！」

奥で羽を羽ばたかせながら宙に浮かんでいる――虫の女王様がいたのだ。

といってもあれだよ、女王蜂みたいななんか大きくて子供を産む感じの虫って見た目はしていな

い。

見た目だけならむしろ、魔物よりも人間寄りだ。

正確な表現を探すなら、うーん……虫風の女王様って感じだろうか。

まず見た目は、すごく人間に近い。

けれど近くでよく観察してみると、その異常さに気付く。

その女の人は、全身に甲殻を纏っている。

上半身には、ボンデージのようなものを、そして肩から肘、肘から手にかけてはキラキラとしたエメラルドのようなものを。

更に腹部から下には、ポンパドールのドレスのような服がふわりと拡がっていた。

けれどよく見てみれば、その部分と彼女の身体との間には継ぎ目がない。

優雅に揺れるドレスもまた、彼女の身体の一部なのだ。

多分ワイバーンの翼膜みたいな、柔らかい素材でできているんだろう。

全身をオシャレな甲殻に包んだ女性は、妖艶な美女という感じだった。

こう……出るところが出ていて、引っ込むところは引っ込んでいて。

へその辺りは隠れておらず、たわわな胸部は彼女の一挙手一投足ごとに激しく上下に動いている。

自分の甲殻という鎧を着けているからこその、わがままバトルドレスだ。

「お嬢様だ……」

「お嬢様……」

「みみぃみぃみぃ……」

『高飛車インセクトクイーン……』と呟くアイビーの声を聞いて、思わず笑ってしまう。

なんだい、それ。

アイビーはネーミングセンスまであるのか。

まったく、敵わないよ。

「なななななんですのあなた方！　この私――『昆虫女王』アイシクルを前にその余裕はっ!?」

高飛車インセクトクイーン改めアイシクルが、背中の羽をブブブと震わせ始める。

多分縄張りを侵された蜂なんかがする威嚇行動みたいなものだと思う。

「ブルーノ……大丈夫なのか？」

「ブルーノ殿、さすがにあれを相手に余裕とは凄まじい……剛の者であるな」

後ろにいるレイさんとローガンさんは、冷や汗を流しながら武器を構えていた。

二人とも、アイシクルが出している殺気が並大抵のものではないことがわかっているのだ。

だから本能が、逃げるべきだと彼女達に訴えかけているんだと思う。

けれど彼女を見る僕とアイビーの方は、あくまでも自然体。

アイシクルの方を見て、ジッと観察する。

うーん……サンシタより、少し強いくらいかな？

レイさんとローガンさんが二人で挑めば、普通に勝てるような気もするけど……。

「みっ！」

あれくらい一人で倒しなさい、とアイビー。

うん、わかった。やってみるよ。

「――それっ！」

ライトアローを四発放つ。

二発が翼を打ち抜いて、残る二発が腹部と足を貫いた。

「ぎゃあああああああっっ!?」

とても綺麗な見た目から発されているとは思えないほど野太い悲鳴を上げながら、アイシクルが墜落していく。

加減せずに撃ったけど……一応急所は外したはずだ。

「きゅう……」

近付いてみると、彼女は気絶していた。

意外なことに、流れている血は僕らと同じ赤色だった。

彼女には色々と聞かなくちゃいけないことがある。

僕はアイビーと頷き合ってから、気絶する彼女に回復魔法を使い、そしてロープをぐるぐる巻きにして縛るのだった――。

どこに連れて行けばいいのかわからなかったので、とりあえず森の中で待機することに決めてからしばらく。

ローガンさんとレイさんが出発のための準備を整えてくれるというのでお言葉に甘えながら、僕とアイビーは簀巻き昆虫女王の監視を続ける時間が続いていた。

半分眠りながら、見つけたひなたぼっこスポットでポカポカ陽気を浴びてまどろんでいると、蓑虫みたいになっている女王様（自称）に動きがあった。

「──はっ!?」

だいたい戦闘から一時間くらい経っただろうかというところで、ようやくアイシクルが目覚めてくれたのだ。

一応回復魔法で傷は塞いでいるから、今すぐに生死がどうこうということはない……はずだ。

「ここはどこ!?　私は誰？　──そうよ！　私は『昆虫女王』アイシクル！」

前に一度だけ見たことのある、劇に出てくる登場人物のように芝居っ気たっぷりな様子で、アイシクルが何やら叫んでいる。

声が無駄に通るせいで、耳の奥がキンキンする……。

おまけに叫び声が劇団員みたいに大仰なものだから、げんなりしてしまうのも無理のないことだと思う。

アイビーの方を向くと、彼女にしては珍しく面倒そうな顔をしているのがわかった。

きっと今の僕も、彼女と似たような顔をしているんだろうな。

「魔王十指の左第三指のこの私に対してこんな無礼をして――」

ん、今この蓑虫女王、何かとんでもないことを呟いたような……。

どうやら詳しい話を聞く必要がありそうだ。


王国の東側には、海を挟んだ所に凶悪な魔物が暮らしていると言われる孤島がある。

なんでもその場所には魔王と呼ばれる魔物達の王が住んでいるらしい。

その情報だけは、どこからともなく伝わってきている。

けれど魔王という存在は、かなりの部分が神秘のヴェールに包まれている。

どんな見た目をしていて、どれくらい強くて、どんな考え方をする人なのか。

僕が個人的には一番大事だと思っている、いったい僕達人間にどんな害を与えようとしているかという部分すらも曖昧なのだ。

ただ魔物という存在が、人類にとっての敵なのは間違いない。

知恵のある魔物は、人という物を害そうとしている節があるからね。

長年の魔物との因縁の歴史もそれを証明してる。

アイビーの話じゃ、以前アクープで戦うことになった黒の軍勢——彼らは魔王軍の尖兵ということらしかった。

そしてそれから大して間を置くこともなく現れた、魔王と関連している存在。

もしかしたらこの二つの間には——共通項が存在しているのかもしれない。

そう、たとえば——魔王が人類を征服するために動き出した……とか。

「ちょっと、私をいったい誰だと心得て——ひっ!?」

高飛車インセクトクイーンは相変わらず活きが良かったけれど、僕がフッと一本のライトアローを宙に浮かせると、さすがに黙ってくれた。

どうやらさっきやられた時の痛みを思い出したのだろう。

こちらを見ながら口を開いて、ブルブルと震えている。

試しにライトアローを撃って、アイシクルの甲殻を軽く傷つけた。

そして回復魔法ですぐ治す。

「……」

アイシクルはもう無駄口を叩かなくなった。

先ほどまでの威勢の良さはどこへやら、ずいぶんとしおらしくなってくれた。

「さて、それじゃあ話を聞かせてくれるかな……?」

そう言って笑いかけると、ヒッとアイシクルが喉の奥から音を鳴らすのがわかる。

なんだか僕の方が悪いことをしている気分になってきた……。

言葉が通じる魔物って、やりにくいなぁ……。

アイビーはいざという時には相手を倒せと言ってくることが多い。

今では僕も、魔物なら倒せるようになった。

……人はまだ無理だけどさ。

でも言葉を解する魔物は……まだちょっと、抵抗があるなぁ。

アイシクルから教えてもらえた情報は、人間の常識からするとまったくと言っていいほどに聞き馴染みのないものばかりだった。

彼女が教えてくれたのは、簡単に言えば魔物界での常識だ。

どうやら魔物の界隈には、序列みたいなものがあるらしい。

その理屈はシンプル。

強い魔物が偉くて、弱い魔物はそいつに従う。

基本的には強い魔物ほど賢いので、魔物は強いやつが弱いやつらを従えるという脳筋な関係で成り立っているらしい。

弱い魔物の中にはまともな頭を持っていないやつらも多いけれど、そういう場合は身体にどちらが上かを教え込む形で従わせるらしい。

また、魔物を従わせるための魔道具なんかもあるみたいだ。

そして中でも気になる情報があった。

それが彼女が所属しているという――魔王十指というグループだった。

どうやら彼らは、魔王軍における幹部のような存在らしい。

魔物達の中でも、その強さを認められた十四の存在。

彼らは魔王から爪を与えられ、その身に魔王の力の一部を宿すことになる。

そして与えられた爪の名をもらうのだという。

強さは左第一指から右第五指の順で強くなっていき、右第一指は左第一指よりもはるかに強く、そこが一つの大きな壁になっているらしい。

右の五指の序列はもう何百年もの間動いておらず、左手指の座を狙って魔物達は日夜血で血を争う戦いを繰り広げているらしい。

うわぁ、魔物社会って、絶対にとてつもない脳筋集団じゃないか。

ああいうノリって、正直あんまり得意じゃないんだよね。

深くは関わりたくないなぁ……なんて思っていた時に、アイシクルからとんでもない爆弾発言が飛んできた。

「でもあなた方のことを、他の十指も狙ってていましてよ？　私は会ったことはないですけれど、風の噂では魔王様もあなた方に興味津々なようですし。あのバカ幽鬼を倒したあなた方は、良くも悪くも私達の注目の的なのです」

魔王十指を……倒した？

え、僕達が？

話を聞いてみると、どうやら僕達は、知らぬうちに魔王軍の幹部を倒していたらしい。

そいつは『黄泉』のキッシンジャーと呼ばれている、特別な魔物だったとか。

幽鬼というのは実体を持つことがなく、魔法攻撃や魔法の込められた武器でしかダメージを与えることのできないモンスターだ。

分類としてはレイスやゴーストなんかに近いけれど、その討伐難易度はかなり高く僕は実物を見たことはない。

そう思っていたけれど、アイシクルの話を聞いているうちにおぼろげながらに思い出してきた。

たしかに彼女が言っている、人間みたいな見た目をした足のない魔物の姿は、なんとなく覚えているからだ。

僕の記憶が正しければ、たしか僕目掛けて一直線に飛んできた、一際強そうな魔物がいた……気がする。

ちょっと緊張とプレッシャーで結構記憶が曖昧だけど……うん、いたはずだ。

あいつが魔王十指、魔王の指の爪を分け与えられた実力者か……。

「ちなみに魔王様の爪は、それを飲み込んだ本人が死んだ場合、魔王様の御手に戻ります。なので今頃は新しい魔王十指の候補者を見繕っているかもしれませんわね」

おまけに魔王十指は倒せばそれで終わりというわけでもなく、結構簡単に補充できちゃうタイプの力らしい。

え、それっていったいどうやったら戦いが終わるわけ？

まあ極論を言ってしまえば、魔王を倒せば終わると思うんだけど……魔王って魔物達の王様なわけで。

そんな強い魔物を倒すことができるんだろうか。

「ちなみに魔王様は、爪に魔力を溜めることができますの。ですので彼女の力を、我々は分けてもらっている形なのですわ」

どうやら魔王は全ての爪を戻した時にパワーアップする性質も持っているらしい。

段階を追って強くなってくるとか、なんだか怖いな。

それって物語本とかだと、何度も戦うことになるパターンじゃないか。

アイビーなら問題なく対処はできるだろうけど、さすがに爪を全部戻したＭＡＸパワー魔王とかを相手にすると一筋縄じゃいかないかもしれない。

「みっ！」

アイビーいわく、楽勝らしい。

どうやら僕が心配するまでもなさそうだ。

「とにかくあなた達など、魔王様の足下にも――」

「おおいっ、ブルーノ！　待たせたな、領主との面会の準備ができたぞ！」

昆虫女王（笑）が何かを言おうとしていたけれど、遠くから聞こえてくるレイさんの叫び声に掻き消されてしまう。

「今、何か言った？」

「――ふんっ、なんでもありませんことよ！」

……ことよなんて語尾、現実で初めて聞いたよ。

どうやらフュールを収めるバッテン子爵は、謎の森の騒ぎを聞きつけていたらしく、街にまでやってきていたらしい。

エンドルド辺境伯の寄子なだけはあり、なかなかな行動力だ。

そしてレイさんとローガンさんが口利きをしたおかげで、すぐに面会が叶うこととなった。

「あなたがブルーノ殿で、こちらのかわいらしいお嬢さんがアイビー殿ですね」

バッテン子爵は、至って普通のおじさんだった。

エンドルド辺境伯のような凄みもなく、にこにこと愛嬌を振り撒くその姿は、街に一人はいるボランティアで街を綺麗にしているおじちゃんのようだ。

かなり腰も低く、僕とアイビーを前にしても低姿勢だ。

アイビーはかわいらしいと言われて、非常に満足そうな顔をしていた。

「で、バッテン卿。今回の一件、どのような解決にするつもりかを聞いてもよいかね？」

「――はっ、ローガン閣下。閣下達により健全化された森の魔物の正常化のために騎士団を派遣し、残る地域では……」

　バッテン子爵が、ローガンさん相手にかしこまりながら長い口上で今回の一件についていかに解決するかを語りだす。

　卿って貴族同士で呼び合う時に使う言葉だし、子爵に閣下って言われてる時点で、ローガンさんは子爵より上の立場の貴族だ。

　あれ、僕……伯爵とかを相手に、さんづけでわりと気安い感じで接してたよね。

　これ、大丈夫？

　不敬罪とかでしょっぴかれたりしない？

　というかレイさんは何故『龍騎士』ローガンなんていう大人物を師匠に持っているんだろう。

　師匠が何人かいると言っていたけれど……もしかして全員、とんでもない人だったりするのかな。

　戦々恐々としていると、どうやら話も終盤にさしかかっていた。

　内容は『昆虫女王』アイシクルの処遇について。

　今はアイビーの結界に閉じ込めている彼女にどのように対処をするかというところで、ローガンさんが話に割り込んだ。

　そしてアイシクルを一刻も早く殺してしまおうという話になりかけたところで……。

「みいっ！」

何故かアイビーが割り込んだ。

二人は少しびっくりしてから、アイビーの方を見る。

「みぃっ、みぃみぃっ！」

「……ブルーノ殿、アイビーはなんと？」

僕は頭の活動を一旦止め、完全に通訳に徹すると固く決める。

そしてアイビーの提案を、何も考えずにそのまま直訳した。

「――アイビーは、アイシクルを弟子に取りたいと言っています」

「――なんとっ!?」

「わ、私が――この亀の、弟子に？」

「うん」

ピッとアイビーのことを指さすアイシクル。

彼女も最初の頃のレイさんのように、アイビーの強さを肌感で感じることはできていないらしく、すごくうろんげな眼差しを向けている。

そう言えばアイビーは、まだ初見の人には恐れられたことがない。

能ある鷹は爪を隠す……ってことなのかな。

彼女の強さは、実際に戦ってみた人しかわからないのかも。

「僕よりアイビーの方が強いよ？」

「嘘おっしゃい、そんなはずが――」

「みいっ！」

シュパンッ！

フォンッ！

ズドドドッ！

アイシクルを縛っていた縄が一瞬のうちにほどけ。

展開されていた結界が次の瞬間には消えており。

そして横に転がっていた無防備なアイシクルのどてっ腹に、夥しいほどの魔法が突き刺さっていく。

「あばばばばばばばば……おはな、キレイですわぁ」

攻撃を食らいすぎたアイシクルは、見てはいけない幻覚を見始める。

腹に光の矢を食らいながらどこか遠い目をしている彼女は、このままだと黄泉の国へと旅立ってしまいそうだ。

「あがががが……ガクッ」

そのままアイシクルは気絶してしまった。

アイビーは攻撃を止めて回復魔法を放つ。

そして顔に熱湯をかけて、無理矢理目覚めさせた。

「うわっぷ！　あっつ！　あっついですわ！」

ボコボコにされていたアイシクルが起きる。

見れば彼女の甲殻ドレスも、何故か一緒に治っていた。

身体の一部だとは思っていたけど、回復魔法で治るんだね。

というかアイビーも容赦がない。

レイさんの時もそうだけど、彼女って実は結構スパルタな熱血系だよね。

僕に対する採点だけ、妙に甘いんだけどさ。

「ぐっ……ここまでされては、私としても認めざるを得ないですわね。この亀……アイビーが一廉の亀であるということを」

一廉の亀という初めて聞くワードに噴き出してしまう僕をよそに、アイシクルは至って殊勝な態度を取っていた。

なんでも魔物にとっては、何よりも強さが大事とのこと。

こうやって圧倒的な力を振るわれると、屈服しなければならないと本能が訴えかけてくるらしい。

弱肉強食というか……変にわかりやすい分、殺伐としてるよね。

あの魔王が暮らす孤島って、もしかして修羅の国か何かなのかな？

「みいっ！」

「……ブルーノさん、彼女はなんと？」

「お前はそれでいいのか、と言ってるよ」

どうやら彼女も僕やアイビーにボコボコにされるうちに、どちらが上なのかはっきりとわかったようだ。

口調や立ち振る舞いは会った時とそれほど変わらないけれど、明らかに僕達のことを目上として扱ってくれている。

自分の強さを認められたアイビーは、僕の肩から浮かび上がる。

そして地面に着地するタイミングで大きくなった。サイズは家族全員で背中に乗ってひなたぼっこができるくらいだ。

ドスンと大きな音を鳴らして地面に着いたアイビーは、高くなった視点からアイシクルを見下ろす。

「みぃいいいっ！　みぃみぃっ！　みっみみみっ！」

あなたは魔王十指の中でも左第三指。

まだ上には七体も魔物が控えている。

お前はそれでいいのか。

アイビーの言葉の意味を聞いたアイシクルは、俯きながら地面を見つめ出す。

あごに手を当てて、思い悩んでいる様子だ。

「たしかに、そうですわよね。私は『昆虫女王』……女王はいつだって、頂に立っていなくてはなりません」

そういうものなんだろうか。

いや、きっとそういうものなんだろう。

女王本人が言ってるんだから、きっと間違いない。

「アイビーさん、私は決めましたわ！　まずはなんとしてでも——右手入りしてみせます！　ご教授のほど、よろしくお願いします！」

「みみみぃっ！」

私は厳しいわよ、とアイビー。

構いません、むしろどんと来いですわと何故か物凄く乗り気なアイシクル。

こうして『昆虫女王』ことアイシクルは、レイさん同様アイビーの弟子ということになった。とりあえずアクープについてくるつもりらしい。

魔王の部下、というか魔王の爪を分けてもらった幹部を連れて帰る、か……。

また想像していない、妙なことになっちゃったなぁ。

エンドルド辺境伯の胃が、おかしくならないといいんだけれど……。

それには期待できないと思うので、あとで回復魔法をかけてあげよう。

行きよりも賑やかになった帰りの道で、僕はそう誓ったのだった……。さて、それなら善は急げということでアクープの街に帰ることを決める。

もちろん事前にバッテン子爵に挨拶をしていくことは忘れない。

「これほどに強力な魔物を、テイムすることもなく連れていくとは……」

「あはは……いや、すみません。うちのアイビーが、本当に」

「辺境伯から何をされても驚かないようにとは言われておりますので、自分は問題ないですが……余所の街に行った時には、少々めんどくさいことになるかもしれませんね。いくらローガン閣下がいるとはいえ……」

僕達がアイシクルをアクープの街へと連れていくことが不安なようで、子爵はむむむっと唸っている。

アイビーもそんな子爵の態度を見て思うところがあったのだろう。

「みぃっ！」

「むっ……ま、まあ仕方ありませんわね」

アイビーがアイシクルの方へパッと魔力のラインを繋げた。

そしてサンシタの時と同様、その魔力の線は僕の方にも飛んでくる。

どうやらアイビーはサンシタの時同様、アイシクルをテイムしてしまったようだ。

ついでにその主従関係の中には、僕も組み込まれてしまっている。

あまりにもあっという間に起こったわけのわからぬ出来事に、子爵は目を真ん丸に見開いている。

「な、何をされても私は驚いてはいませんぞ……辺境伯にもそうお伝え下さい」

よほど辺境伯から念を押されているのか、バッテン子爵は驚いていることを意地でも認めなかった。

「魔王軍の幹部をテイムとはさすが！　アイビー殿もブルーム殿も、常識では測れないことを平然とやってのけますな！」

「う、うむ……私はどうすればいいのだ？　師匠であるアイビー殿が、魔王の配下を味方にしてしまった。考える間もなく、今すぐにでも倒すべきだとは思うのだが……うむむ……」

ローガンさんはガッハッハッと大声で笑い、レイさんはなんだか難しそうな顔をしている。

ぶつぶつと何かを言っているみたいだけど、その内容までは聞き取れない。

そして僕らはフュールの街を後にすることにした。

アイシクルの見た目は、一応人間に見える。

シルエットも人型だし、ものすごく派手なドレスをつけているってことにすれば、一応納得できなくもないからね。

けれど子爵のアドバイスもあったことだし、もし何かあったりしたらまた辺境伯に迷惑をかけることになってしまうかもしれない。

なのでとりあえず、人に見られぬように、人里を避けて遠回りをしながら向かっていく。

ローガンさんが用意した四頭立ての馬車に乗り、主要な街道から一本外れた、ちょっと危険だけど人通りの少ない道を進んでいく。

アイビーは馬車の揺れが気に入らないのか、ぷかぷかと宙に浮かんでいる。

アイシクルには窮屈そうだったけれど、馬車の中に入ってもらっている。

彼女が空を飛んで移動しようものなら、あまりにも目立っちゃうからね。

今回は親睦という意味も兼ねて、僕もレイさんも馬車の中に入って時間を過ごすことにした。

「……」

「……」

けれど、その、なんていうんだろうか……まったく話が弾まない。

というか僕が二人に話題を振っても、

「あぁ」

「そうですわね」

と二人とも態度があまりにも素っ気ないのだ。

どうやら二人とも、お互いのことをあまりよく思っていないというのが丸わかりだった。

問題が起こったのは、馬車の中という限られたスペースで長いこと同じ時間を過ごすのに耐えきれなくなった時のことだった。

「ええいっ、やっぱり私はこいつの同行を認めないぞ！」

「こっちのセリフですわ！　私もあなたを見ていると、無性にイライラしますの！　私の視界から外れてくださる？」

「なんだとっ、押しかけてきた分際で偉そうに！」

「なんですって!?」

二人は気付けば睨み合い……そのまま取っ組み合いを始めてしまった。

——アイビー、ヘルプ！

ちょっとこの状況は、僕の力だけじゃどうにもならないかも！

「ぐぬぬ……」

「むむむ……」

レイさんとアイシクルは結局アクープへ帰ってきても険悪なままだった。

レイさんは外へ出て馬車と同じ速度で走り、アイシクルはレイさんがいない方の窓へ身体を預けて外の景色を楽しんでいた。

ちなみに僕は目だけつぶったまま、どうしようどうしようと内心で結構ビビっていた。

女の子同士の喧嘩というのは、僕みたいな勝手のわからない男が割って入ればかえって悪化することも多い。

きっと時間が解決するだろうと思い、僕は静観を決め込むことにした。

その間に、ちょっと時間ができたので、僕は何故アイビーがアイシクルを倒さなかったのかを考えることにした。

サンシタみたいな普通の魔物ならまだいいけれど、アイシクルはどう考えてもヤバい。

魔王の爪を飲んでいる彼女は、言わば魔王軍の幹部。

そしてレイさんは、ローガンさんのような僕でも名前を知っている有名人に師事をしている時点で、明らかに普通の人間じゃない。

触れれば後に戻れない気配がしていたから今までは触れなかったけれど、レイさんは多分……。

彼女と深く関わることになった時点で、多分いつかは知らなくちゃいけないことだ。

——よし、決めた。

アイシクルとレイさんの喧嘩が終わったら、僕も勇気を出して聞いてみることにしよっと。

結局気が付けば、二人は戦うことになっていた。

揉め事が起きたら戦って解決するという荒っぽい解決方法にもかなり慣れてきてしまった。

僕も冒険者の、というかアクープでの色んな人との触れ合いで大分発想が脳筋になってきたと思う。

「負けて、後から吠え面をかくんじゃないぞ」

「その言葉、そっくりそのままお返し致しますわ」

「——みいっ！」

アイビーの試合開始の合図を聞いた二人が、一斉に地面を蹴る。

アイシクルは思いっきり上にジャンプして、そのまま翼を広げた。

はためかせた彼女の虹色の羽がキラリと輝く。

対しレイさんは一気にアイシクルの方へと近付いた。

そのまま一閃。

「ちいっ、硬いなっ！」

けれどその一撃は、アイシクルの足を覆う甲殻にわずかにヒビを入れただけだった。

「まだまだっ！」

「ちいっ、鬱陶しいですわね」

目の前で繰り広げられているのは、空を飛ぶ昆虫女王とそれに追いすがり天を翔る戦乙女の激戦だった。

僕が戦った時は瞬殺だったから、アイシクルが戦う姿を見るのは初めてだ。

彼女が使っているのは、見たことのない魔法だった。

魔法という技術の中には、アクションという考え方がある。

これは簡単に言えば、魔法を生み出してから発動させるまでにどれくらいの工程が必要かという思考法だ。

例えば僕やアイビーが使う魔法は、どれも魔法を作って、それを思い切り一方向へと向ける。

これは魔法をあらかじめ決めた方向へ飛ばすだけなので、シングルアクションになる。

けれどこれに追尾機能を付ければダブルアクションとなり、更に攻撃の最中に魔法が枝分かれするように造り替えればトリプルアクションとなる。

僕達が主に使うのは、元々高速で動かせる魔法を作り、それを一方向へと飛ばすシングルアクションだ。

そこに同じシングルアクションの魔法をぶつけ合わせて加速させたりするくらいはするけれど、それ以上複雑な魔法を使うことはあまりない。

アクション数を増やしすぎれば、それだけ発動までに時間がかかってしまう。

下手にアクション数を増やして強力な魔法を放つくらいなら、大量の魔力を使って威力と速度を上げたシングルアクションの魔法を使った方がよっぽど効率がいいのだ。

けれどどうやらアイシクルの場合は、そうではないらしい。

「おーっほっほっほ！」

アイシクルはぶぅんと羽を唸らせて空を飛びながら、指先から魔法を放っていく。

それらは昆虫によく似た見た目をしていた。

蚊であったり、蛾であったり、何故か羽の生えた芋虫であったり。

色々な見た目をした魔法達が、レイさん目掛けて飛んでいく。

それら一つ一つが単一ではなく、バラバラに動いている。

僕にはそこにどれくらいのアクション数があるのか、まったく理解ができない。

恐らく、かなり複雑で難しい魔法を作っているんだろうと思う。

魔法の巧拙で言うのなら、僕よりずっと魔法が上手だ。

けれどレイさんの方も負けてはいない。

彼女の戦い方は、どちらかと言えば僕達に似ている。

身体強化を使い圧倒的な速度を出し、剣を使って相手に斬り付ける。

「どっせえええええいっ！」

高速で飛ぶ魔法の矢を真っ直ぐ打ち込む。

彼女は出力の高さを最大限利用できる形で、シングルアクションの魔法を使っている。

使える魔力が多いからできる芸当だ。

大味な分、特に大きな弱点なんかもなく満遍なく誰とでも戦うことができるのが利点。

反面魔力を使いすぎるので、ガス欠が早くなってしまう点が難点だ。

僕とアイビーは、二人が鎬を削り合っている姿をジッと見つめていた。

ちなみにローガンさんの方は、途中で用があるということで帰ってしまっている。

「のぅ……」

「え？　……ってカーチャじゃないか、どうしてここに？」

あくびをしながら庭に寝転んでうとうとしていると、気付けば隣にエンドルド辺境伯の娘のカーチャがいた。

「ブルーノ達が帰ってきたと聞いて、急ぎやってきたのじゃ」

「そっか」

「一つ質問なんじゃが……どうしてあんな手に汗握る激しい戦いを見て、眠そうな顔をしておるんじゃ？」

「どうしてって……ねぇ？」

「みいっ！」

僕がレイさんと戦う時は、もっと地面がめくれ上がったり地形が変わっちゃうような戦いをすることも多いし。

アイシクルはたしかに多彩で多芸だけど、ずっと見てると飽きちゃうしさ。

「やっぱりむちゃくちゃじゃな、ブルーノ達は……」

カーチャはなぜか激しくドンパチして大げんかをしているレイさん達ではなく、僕達の方を見てため息を吐くのだった。

なんだか納得いかないなぁ。激闘が続くことしばし。

いい加減に見ているのにも飽きてアイビーと一緒にお昼寝をしていると、突然パタリと戦闘音が止んだ。

見てみれば勝負あったようだ。

アイシクルは地面に倒れており、レイさんがその首下に剣を突きつけている。

ただ見ればレイさんもかなりクタクタな様子だった。

いつも着けている鎧はかなりボロボロになっており、剣にも刃こぼれができていて、戦いの激しさを窺わせてくれる。

「ふっ、なかなかやりますわね……」

「お前もな」

地面から起き上がれないアイシクルを、レイさんがグッと持ち上げる。

なぜかアイシクルもレイさんも、相手をライバルだと認め合う時特有の顔をしていた。

どうやら戦いの中で感じるものがあったらしい。

お互いの実力を理解したことで、通じ合ったってことなのだろう。

「そういえばカーチャがここまで来たってことは、何か困りごとでもあったの？」

「む……どうしてそう思ったのじゃ？」

「だっていっつもこっちには来ないじゃない。僕らに来い来いとは言うけど、実際に家までやってくることはなかったよね？」

貴族の体裁というか、めんどくさいところというか。

多分彼女は、スッと屋敷を抜け出したりはできないのだ。

貴族が平民のところにわざわざ出向くっていうのは、権威にヒビを入れてしまうかもしれないし。

それにカーチャを未婚の男のところに連れて行くってところも問題だろう。

何せ彼女は辺境伯のご息女で、政略結婚のためにどこかへ嫁ぐことになるはず。

基本的にエンドルド辺境伯の許可がなくちゃ、外に出ること一つままならないのだ。

彼女は豪快というか竹を割ったような性格をしているけれど、時々いやに聞き分けがよすぎると感じる部分がある。

まだ十歳の女の子なんだし、もっと自由気ままに振る舞っても許されると思うんだけどな。

そんな僕の気持ちを知ってか知らずか、彼女はゆっくりと口を開いた。

「実はその……セリエ宗導国に一度向かうことになっての。それでもしよければブルーノ達も一緒に来てはくれまいかと思い立ってな」

「セリエ宗導国というと……」

その国名を聞いて僕が思い出すのは、物騒なものばかりだった。

セリエ宗導国というのは、森の向こう側にある宗教国家だ。

カーチャに暗殺者を仕向けようとしていたこともあったし、たしかアイビーの話ではあの大量の魔物――黒の軍勢達による襲撃にもセリエ宗導国の人間が一枚嚙んでいたって話だ。

やっぱりあんまり良いイメージは浮かばない。

「ははっ、ブルーノは正直なやつだな。けれど心配する必要はない、何も人身御供にされるわけでもない。向こうもうちとは上手くやっていかなければいけないからな」

けれどエンドルド辺境伯とセリエ宗導国は、今後付き合いをしないわけにはいかない関係になってしまった。

そしてその理由には、僕もアイビーも少なからず関わっている。

というのも昏き森からやってきた魔王軍の尖兵――アイシクルの説明で中に魔王十指が入っていることも発覚済み――をアイビーが根こそぎ殲滅しちゃったからさ。

今までお互いの関係性は、魔物の脅威があるせいで良くも悪くも希薄だった。

けれど魔物が間引かれてほとんどいなくなった今では、通り抜けるのが以前よりもずっと簡単になってしまった。

前より交流も活発になったし、セリエ宗導国も自国のゴタゴタでこっちとやり合う余裕もない。

エンドルド辺境伯も王と真っ向から喧嘩をしているような状態なので、両方とも手を組むことにメリットしかないのだ。

「カーチャは何をしに行くの？」

「ざっくり言うと、権力者同士のパーティーに辺境伯家を代表して行く感じじゃな」

「……それって、僕らにも参加してほしいってこと？」

「うむ、向こうで何があろうとも、ブルーノとアイビーがおれば何も問題はないからな！」

うわぁ、これ絶対何かあるのがわかってる言い方だ。

ぴっちりとした服とテカテカの靴を履きながらダンスを踊るような社交界をイメージして、僕は即座にその誘いを断ろうかなと思ったけれど……やめた。

さっき自分で言ったばかりじゃないか。

カーチャはもっと自由気ままに振る舞っていいんだって。

それにセリエ宗導国との問題には、少なからず僕らも影響を与えてしまっているし。

「まあでも無理にとは……」

「——いや、行くよ。アイビーも賛成でしょ！」

「みいっ！」

「グルルッ！」

アイビーだけじゃなくて、何故かサンシタもすごい乗り気な様子だった。

僕らが頷いたのを見て、カーチャは一瞬きょとんとしてから、すぐに破顔した。

「うむ、助かるっ！　ありがとうな！」

こうして僕らは昆虫女王を拾ってから息つく暇もなく、セリエ宗導国へカーチャの護衛役として向かうことを決めたのだった。

That turtle,
the storongest on earth

第三章

セリエ宗導国へ

カーチャに同行することを決めてから一週間後。

諸々の準備を終えた僕達は、アクープを出発することができるようになった。

まず最初に目指すのは、昏き森で合流するという話になっている向こうの国の使節団の人達との合流である。

一応今回はカーチャの私的な訪問ということで物々しいお出迎えやド派手な社交パーティーなんかは行われないらしいけど、それでも最低限の体裁というやつは整える必要があるんだってさ。

「馬車に乗らなくていいのは楽だねぇ……」

「みぃっ！」

肩に乗っているアイビーも、どうやら今日は機嫌がいいみたい。

彼女はのんびりと目をつぶりながら、身体を僕に預けてくれている。

どうやら今は歩くんじゃなく、休んでいたい気分のようだ。

《風が気持ちいいでやんす！》

前回は一人（一匹？）で待ちぼうけを食らっていたサンシタも、今回は同行できるとあってるんるん気分だった。

——そう、今回はサンシタの同行が認められることになったのだ。

いつもは仰々しいというか問題ごとに発展しかねないからと許可が出ないというのに、今回のエンドルド辺境伯は大盤振る舞いである。

どうやらカーチャの護衛としては頼りなさそうに見える僕達が、相手国に見くびられないようにって意味合いが強いみたいだ。

今はサンシタの上に乗って、久々のグリフォンライダーとして旅を楽しんでいる。

なんやかんや、アクープの街では僕達はちょっと有名になりすぎてしまった。

最近じゃあ降りたら人に集まられることも増えたから、ちょっと場所を選んだりしなくちゃいけないことも多いしね。

何にも気にせずに自由でいられると思うと、ちょっと気分が楽だ。

「あははっ、高い高ぁい！」

ちなみに僕の後ろには、カーチャが乗っている。

安全の確保は、僕もアイビーもいるから安心だ。

「うん、これは楽しいなぁ！　私のことも誘ってくれて嬉しいぞ！」

そして今回の旅の同行者は、他にもいる。

以前僕らと一緒にグリフォンをどける依頼をこなした、一等級冒険者のシャノンさんだ。

これもまた、サンシタの同行が許されたのと同じ理由。

一等級冒険者がついてくるというのには、それだけの意味があるのだ。

今回のメンバーは、これで全員。

ちょっと少ないと思うかもしれないけど、エンドルド辺境伯はとにかく無駄というものを嫌う人だからね。

僕らがついているんだから、わざわざ見栄を張るために護衛をつけるなんてことはしない。サンシタに乗って集合場所まで行けば、馬車なんかで行くよりもよっぽど安全で、スピードも速いしね。

グルルッとサンシタが唸るのを、カーチャは見逃さなかった。

「ブルーノ、サンシタはなんと言っとる?」

「《まだまだ速度出せるけど、どうする?》って聞かれてるよ!」

「それならもちろん、最高速でゴーじゃ!」

「グルルッ!」

言葉は理解できてないんだろうけど、どうやらカーチャの言葉はサンシタに届いたみたい。

サンシタはちょっと溜めを作ったかと思うと、グンッと一気に加速した。

よし、それならカーチャの言う通り、最短で向かうぞ!

こうして僕達は二日もかからずに、集合場所である昏き森の池へと辿り着くのだった。

さて、どうやらまだ向こうの人達はいないみたいだけど……どんな人達が来るのかな?

友好的な人だったらいいな。

ということで、あっという間に集合場所までやってきた。

森の中腹にある大きな池の右側にある樹の前、というざっくりとした決め方だったけれど、上空から偵察のできる僕達に死角はない。

どうやら既に合流する人達はやってきているようだった。

カーチャを迎えるということは、恐らく向こうも立場がある人達だろう。

上空から飛び降りてびっくりさせるのはよくないだろうと思い、場所を覚えてから一度戻る。

そして僕が先導する形で、カーチャとシャノンさんと一緒に目的地へと向かうことにした。

「すみません、セリエ宗導国の方であって……ますか？」

カーチャが最初に声をかけてしまっては、彼女の品格が落ちかねない。

そしてシャノンさんではちょっと威圧的かも、ということで僕が声をかける係に決定した。

「是」

「……ふぉっふぉっふぉっ、こりゃまたかわいい坊主が来たもんじゃわい」

「……亀？」

「ずいぶんかわいらしい亀さんじゃのう。ペットは心が和んでええよなぁ……」

そこに立っていたのは三人の大人達だった。

寡黙そうな女性が一人、そして柔和そうなご老人が一人、最後にその後ろに紳士服を身に纏った
貴族然とした男の人が一人。

僕らも人のことを言えないが、なんだか変わっている人達に見える。

「おおこれはこれは、お待ちしておりましたエカテリーナ様。私は案内人を務めさせていただくボ

ルゴグラード・オミグレオと申します。一応男爵位を叙爵されていますが、この国では貴族はさほど重要な意味を持ちませぬ。私は平民以上司祭以下という扱いをしてくだされば結構です」

「よかろう、ボルゴグラード。それでは案内せい」

「御意に」

ボルゴグラード男爵はそれだけ言うと、我先にとスタスタと森の中を歩き始める。

数は減ったとはいえ一応魔物は出てくるんだけど……護衛の二人より前に出るっていうのは、自分の強さへの自信の裏返しなんだろうか。

魔力を感知してみた感じ結構戦えそうなだけの魔力があるし、この森の魔物程度は問題なく倒せるんだろうな、きっと。

「でも貴族がさほど重要じゃないって……どういう意味なんですか、エカテリーナ様？」

「む……はっ、うむ、妾自身もそこまで詳しいわけではないが、あらましくらいなら語れるぞ。前提知識がないせいでヘマをしても面白くないので、とりあえず教えておくとしよう」

『どうして急に仰々しい呼び方に……はっ、そう言えばここはいつ誰の目があるかもわからない他国の中だった！　妾もしっかりとしなければ！』

とこんな感じで色々と心の動きの変遷があったのだろう。

百面相をしながらも最後にはキリッと立て直してみせたカーチャが、このセリエ宗導国について詳しく教えてくれる。

「セリエ宗導国はその成り立ちが少々特殊な国なんじゃ」

「成り立ちかぁ、うちの王国は普通に王様が建国したんだっけ？」

「うむ、その通り。言い伝えによれば神から統治の正統性を認められた建国王レギオン一世が王国を建てた……ということになっておる」

ということ、かぁ。

それが普通の建前なんだとしたら、セリエはどんなものになるんだろう。

「向こうも基本は同じじゃが、そもそもセリエ宗導国に王は存在しない。あるのは神の意向を伝えてくれる教皇とその周りに居る五人の枢機卿、そして彼らが束ねている教皇庁によって国が回っておる」

ふむ……なるほど？

一見するとそんなにうちと変わらないように思えるけれど、一体何がそんなに特殊になるんだろうか？

そんな僕の心の疑問に答えるように、カーチャが自分の髪を撫でながら言う。

「早い話が、ここでは教皇の言葉は神の意志じゃ。なので枢機卿も貴族も民も、誰も教皇には逆らえん」

「う、うわぁ……」

「教皇様に逆らえないって、それで問題は起こらないんですか？」

「もちろん起こるが、その度に力業でねじ伏せるか搦め手でなんとかするんじゃよ」

それはなんとかなってないんじゃ……とも思ったが、あまり深いことには首を突っ込まないのが吉だ。

アクープの街で冒険者生活をしているうちに、それは学んだ。

こちらの界隈だと大抵の場合、お節介や気遣いは面倒ごとを呼び込んでしまうのである。

「現在の教皇はラドグリオン七世。温厚な人柄であまり無理を言わない人じゃから、正直そこは助かっているところじゃ。教皇の樹冠の授与が行われておらんから、今もまだ在位はしているはず。詳しい事情があまり伝わってはこぬから、ちょっと怪しくはあるんじゃが……」

「樹冠、ですか?」

「ああ、金や宝石によって贅を凝らされた王冠は富の象徴だからということで初代教皇が付け始めた、まあ簡単に言えば教皇であることを示すための冠じゃ」

「なるほどぉ」

「ちなみに現在では教皇の方が王より金を持っているので、もはや樹冠になんの意味があるかはわからんのじゃ」

「な、なるほどぉ……」

僕は際どい話は適当に聞き流しながらも、先を進むことにした。

「みぃ、みみぃみぃみぃっ！」

「ブルーノ、アイビーはなんと？」

「ええと……それなら教皇が年老いて冷静な判断が下せなくなった時や、ストレスで心の病を負ってしまったらどうするのか、と言っています」

「うむ、さすがアイビーじゃな、セリエ宗導国の問題点を良く摑んでおる。そんな時のためにいるのが聖女じゃ」

聖女というと思い出すのは、僕達の王国にいる聖女クリステラ様だ。

けれどどうやら聖女とは一人だけではないらしい。

セリエにもセリエの聖女がいる。

そしてただ神託をしたり人を癒やしたりするだけのうちの聖女とは違い、こちらの聖女には政治的な役割もあるみたいだった。

簡単に言うと教皇が暴走しかけた時に、それを諫めて止めることのできる唯一の人が聖女という存在なのだという。

神から認められた聖女であれば、神から何をしてもいいという絶対的な権利をもらった教皇にも物申せる、という論法らしい。

また聖女さんは基本的に美人揃いで、権力者として偉すぎないということもあり、他国の賓客なんかをお出迎えする役目もあるらしい。

カーチャも恐らくはどこかのタイミングで遭遇するだろうと言っていた。

であれば顔も知らない教皇のことではなく、聖女様についてちょっとアンテナを張っておくべきかもしれない。

とそんなことを考えているうちに、特に問題が起こることもなく森を抜けることができた。

先に行っていたセリエ宗導国の三人が魔物を倒してくれていたので、僕らは戦い一つしていない。

森を越えてから更に歩いて行くと、視界の先に物々しい砦が見えてくる。

恐らくは森からやってくる魔物達が侵入するのを防ぐためなのだろう、壕がかなり深いところまで掘られている。

けれど最近は魔物の被害が大きく減ったからか、既に水は張られてはいなかった。

渡されている橋を歩いて中へ入る。

「これが、他国の街並みか……」

僕の中の世界というのは基本的に狭かった。

ほんの少し前まで、故郷の村とアクープの街の周辺にしか往き来したこともなかったし。

最近レイさんに連れられて他領に行ったのも、実は僕的には結構な冒険だった。

セリエ宗導国がどんな国で、どんな人達が多いのか。

カーチャやエンドルド辺境伯、ギルドマスターなんかから話には聞いていた。

けれどこうして実際にこの目で見てみると、そんな人伝の話なんかでは、実態の百分の一も説明できていないということがはっきりとわかった。

それほどまでに、森一つ隔てた先にある異国は、僕にとっての異世界だったのだ。

まず最初に感じたのは、顔立ちの違いだった。

王国と比べると少し彫りが深い……というか、パーツの一つ一つがしっかりとしているような気がするのだ。

次にやってきたのは、感じたことのない匂い。

スパイシーというかなんというか……鼻の奥がツンとするような不思議な匂いがしてくる。その匂いの元は屋台だった。

けれど露店がいくつも並んでいることもあり、どの店なのかはわからなかった。

カーチャについていく形になるので、あまり立ち止まってじっくり観察するわけにもいかない。

後で自由時間があるだろうから、それまではざっくりとした見学だ。

「おい、あれ……」

「なんだ？　――ってあれグリフォンじゃねぇか！」

「いや、俺が見てたのはあの亀の方なんだけど……グリフォンなわけあるかよ、なんかそういう見た目の魔物だろ」

「そうかなぁ……ってなんだあの亀、たしかに気になる。ちっちゃいが、なんだか存在感がすごいな。不思議と目が離せなくなる……」

歩いていると、露店に群がっている人達の中に、冒険者パーティーがいるのが見えた。

こちらを指さしながら、何やら元気に騒いでいる。

ちなみに内容は全部聞こえてます。

このグリフォン、こう見えて本物だよ。

どうやらサンシタは、冒険者目線でもグリフォンには見えないようだ。

野性をどこかに置いてきてしまっているサンシタに明日はあるのだろうか。

《腹が減ってきたでやんす！》

匂いを嗅いでなんだか物欲しそうな顔をしているサンシタにとりあえず干し肉をあげると、《美味いでやんす！》と美味しそうに頬張り始めた。

楽しそうで何よりだ。

彼には彼の人生……グリフォン生を生きてほしいと思う。

「みいっ！」

アイビーは目が離せないと言われて喜んでいた。

かわいいね。

「何しとるんじゃ、ブルーノ」

「あっ……すみません！」

「まったく……お前達は妾の護衛なんじゃぞ……」

気付けば僕らは、あちこちへ目が移りふらふら歩いてしまっていたらしい。

声を聞き振り向いてみると、後をついてこなくなった僕達を不審に思ったカーチャがぷりぷりと怒っていた。

「ご……ごめんなさい」

「みぃ……」

《肉が美味いのが悪いでやんす……》

僕らは揃って謝った。

たしかに護衛なのに気を抜きすぎだよね。

もうちょっとちゃんとします……。

ボルゴグラードさんに急ぎ追いついた僕らが案内されたのは、これから数日の間お世話になる宿泊施設だった。

「すごい……なんだか全体的に白塗りだ……」

今回泊まるのは、セリエ宗導国にやって来る賓客に泊まってもらうためのホテルということだった。

大きさも広くて、隅の方を見てもほこり一つ落ちていない。

エンドルド辺境伯の屋敷もたしかに立派だけど、正直綺麗さとか立派さで比較したらこっちの方がすごいかもしれない。

ホテルに入る前に、サンシタとは一旦お別れ。

彼はテイムされた魔物なので、厩舎に入ることになるようだ。

悲しそうな顔をしてこちらを見つめてくるサンシタに手を振り、ホテルへと入る。

するとまず目に入ってきたのは、大きな噴水だった。

すごい……この水、どうやって引いてるんだろう。

魔法で動かしてるのかな。

「みいっ？」

『水浴びしてもいい？』とアイビー。

もちろんダメなので、僕は静かに首を振った。

アイビーは少しだけシュンとした。

そんなに落ち込まないで、あとで一緒に外を見に行けばいいさ。

案内されるまま中へ入り、フロントの人に言われた通りの順序で歩いていく。

階段を上っている時も、廊下を歩いている時も、すれ違ったホテルの人達は皆一様に深く頭を下げてくれる。

ここにずっといたら、自分が偉い人にでもなったかのように勘違いしてしまいそうだ。

恐縮しながらもカーチャについていく。

僕らは護衛なので、基本的にはカーチャの部屋の前で待機だ。

護衛用の部屋はあるらしいので、結界を張って出掛けたりすることは問題なくできるだろう。

「少々待つのじゃ」

部屋に入ると、中に使用人を呼び何かを始めるカーチャ。

多分今の外向けのドレスから、過ごしやすい室内着にでも着替えているんだろう。

ぼーっとしながら着替えが終わるのを待つ。

女の子の着替えってどうして長いんだろうねと疑問を呈すると、アイビーにガジガジと指を噛まれた。

どうやらそこは触れてはいけない部分らしい。

あくびをしながら待っていると、ようやく扉が開く。

そしてその先には……おろおろする使用人と、何故か使用人のメイド服を着たカーチャの姿があった。

「よし、今からこの街の実地調査をするぞ！　アイビー、ブルーノ、ついてくるのじゃ！」

これは……さすがにちょっと予想外だな。

けれど折角のお姫様のわがままだ。

僕らは頷き合ってから、カーチャと一緒に行動を開始するのだった……。

「このアリストクラーツの街は教皇領であり、その代官がボルゴグラード男爵となっている。教皇はセリエの皇都におるから、ボルゴグラードが実質ここのトップということじゃな」

手慣れた様子で買い食いをしながら、カーチャがモグモグと屋台の肉串を頬張り始める。

「ボルゴグラード男爵ってそんなにすごい人だったんですか!?」

「あのなぁブルーノ、妾は仮にも、両国の実質的な架け橋になる重要人物なんじゃぞ? そんな人の面倒を、木っ端役人に見させるわけにはいかんじゃろ?」

「た、たしかに……」

無知な僕に、カーチャが色々と説明をしてくれる。

彼女の説明は滔々としていて、詰まるようなところもなかった。

ここに来るまで、一体どれだけの情報を詰め込んできたのだろう。

ものすごい記憶力だ。

「まず、セリエ宗導国というのは、沢山の教皇領と教会領の二種類に分かれている。要は教皇直轄の部分と、教会に属している人達が持つ部分との二つあるわけじゃな」

さっき僕らを案内してくれたボルゴグラード男爵は男爵というだけあって爵位を持っている貴族なわけだけど、セリエでは貴族と教会が密接に関わっている。

その後の説明がかなり難しかったのでいまいちよくわかったとは言えないけれど……要約すれば爵位が高ければそれだけ教会内にも顔が利く、という感じらしい。

貴族が教会内で立場を持っていることも多いらしく、あのボルゴグラード男爵は助祭とのことだった。

「ちなみにセリエでの立場を権威が高い順に並べていくと、教皇、枢機卿、聖女、司教、司祭、助祭の順じゃな」

「王様から騎士爵まであるうちの王国と似ている感じですね」

「内実は全然違うけどの」

王国が王領と貴族領で成り立っていて、そこに宗教が入る余地はほとんどない。

一見するとトップがいてその下の人達が領地を治めているわけだから、王国とセリエのシステムは似ているようにも思える。

でもたしかに、間違いなくセリエの方が複雑だよね。

例えば伯爵の司祭と男爵の司教だとどっちが偉いのか、みたいな教会内の立場と実際の爵位が違う場合とか大変だろうし。

宗教に背かないように政治や領地運営を進めたりとかしようとすると、制限も多いだろう。

考えるだけで大変そうだ。

もしかするとセリエで立場ある人間のボルゴグラード男爵は、相当なエリートなのかもしれない。

「みぃっ、みぃみぃっ？」

「でもそんな立場ある人間が、勝手に屋敷を抜け出していいの？　と聞いています」

「うぐっ！　そ、それは言いっこなしじゃ！」

それだけ言うとバツが悪そうに、カーチャは駆けだしてしまった。

僕らは笑いながら、彼女のあとを追うのだった。

「やはりセリエ宗導国の方が、王国より豊かじゃな」

「……？　そんなすぐにわかるものなの？」

顔立ちが違うとか、着てる服の模様が違うとかはたしかに思うけれど。

どうしてカーチャは豊かさなんて曖昧なものが、すぐにわかったんだろう。

「少々待っておれ」

そう言うとカーチャは近くの露店へと向かっていく。

結界は張っているし、見える範囲にいる分にはいつでも助けられる。

彼女が屋台で何かを買っている様子を見つめていると――いきなり後ろから声をかけられた。

「失望……」

見ればボルゴグラードさんの護衛をしていた女性が、僕のすぐ後ろに立っていた。

多分、屋敷から抜け出さないか見張っていたんだろう。

僕らの動きは筒抜けだったわけだ。

「わしらの目の届く範囲であれば好き勝手してもらって構わんよ。ただ最近は『漆黒教典』のやつらも何やらきな臭い動きをしとるからの、できることなら屋敷に戻ってもらえるとありがたいんじゃが」

雑踏の中から、もう一人のおじいちゃんの護衛も現れた。

『漆黒教典』って……たしか以前、カーチャのことを暗殺しようとしていたセリエ宗導国の暗部を担う人達だったはず。

僕はカーチャを自国に招き入れた時点で、既に両国の和解はなっているものだとばかり思っていた。

何かが起こるかも、みたいなことを確かに言っていたけれど。

もしかするとこの国は……王国に住んでいた僕らが考えているよりずっと、危険な状態なのかもしれない。

「みぃっ！」

カーチャの身を守る、と胸を張るアイビー。

――うん、彼女の言う通りだ。

僕らはカーチャがやりたいと思うことを全てやらせてあげて、その上で彼女を完璧に守り切る。

これが僕らが決めたルールだ。

二人は本当にただ忠告をしにきたらしく、そのまま雑踏に溶けるように消えていった。

僕らに話をしてくれたあたり、悪い人達じゃなさそうだ。

「おおいブルーノ……って、どうかしたのか？」

両手に何やら小麦粉を練ったような食べ物を持ちながらやってきたカーチャ。

首をコテンと傾げながらこちらを見上げる彼女の頭を撫でる。

「ううん、大丈夫、なんでもないよ」

そう、なんでもない……だから安心して、好きなようにはしゃいでほしい。

誰になんと言われようと、これが僕ら流の護衛なんだから。


色々と露店で食べて回ってから屋敷へと戻る。

中へ入るとさっき来てくれた女剣士とおじいちゃんが出迎えてくれた。

「……」

女性の方からはかなりきつめな視線を感じたが、苦笑でなんとかやりきって中へ入る。

「食文化の違いは、文明の発展度合に通じるものがある。セリエは王国より広く、そして歴史も長い。やはりそれだけの重みがあると感じたのじゃ」

「調味料なんかはとにかく種類が多いし、肉料理から魚料理まで幅が広い。特に魚は干物ではなく生のものも流通していた。やはり輸送手段が確立されているんじゃろうな」

「そして食材の値段も安く、それに加えて……」

カーチャの言葉を聞いているうちに、なんだか眠くなってきた。

思えば道中お昼寝をすることもできなかったし、夜に寝たのも寝袋だったから、快眠とは言いがたいし。

異国にやって来た疲れがドッときたのもあるかもしれない。

張っていた気が緩んだせいで、とにかく頭がぼーっとしている。

「……って、ブルーノ……大丈夫か？」

「え？　ああ、はい……問題ありません」

「みいっ」

アイビーが回復魔法をかけてくれると、幾分か頭がしゃっきりした。

けど疲れは完全には取れなかった。

多分疲れの種類が、肉体的というより精神的なものだからだと思う。

「まあ、いい。ふわあ……たしかに今日は、妾も疲れた。とりあえず使用人達に着替えさせてから寝るから、後は好きにしていいぞ」

本当なら不寝番よろしく立ってた方がいいんだろうけど、疲れて護衛の役目がまっとうできなかったら本末転倒だよね。

「みいっ」

私が見ておく、とアイビーがちっちゃな胸を張った。

そしてふよふよと浮き、カーチャの肩に乗っかる。

いつもより肩幅が狭くて最初は少し戸惑っていたけど、そこは流石アイビー。

すぐに適応して、すちゃりと四本の足で肩の上でバランスを取ってみせる。

「アイビーがいれば十分じゃ、ブルーノは今日はもう下がってよいぞ」

「はい、では……そうさせてもらいます」

折角カーチャもこう言ってくれるんだし、大人しく護衛用の部屋で休ませてもらうことにしよう。

あくびをしながら、ホテルの中を歩いて行く。

何度か往復したし、道を覚えるのが苦手な僕も流石に覚えたとばかり思っていたんだけど……。

「ここ、どこだろう……？」

道に迷ってしまった。

自慢じゃないけれど、僕はかなりの方向音痴である。

何度か通ったところであればいくつかのポイントを覚えて大体の行き方はわかるんだけど……似たような光景が続く屋敷の中だと、どうしても迷ってしまう。

道行くメイドさん達はにこやかに礼をしてはくれるけれど、僕に道を教えてはくれない。

そして僕は美人に声を出して話しかけられるような勇気はない。

なので結果として誰にも道を聞くことができず、あてのない旅を続けているのだった。

「ん、あれは……」

そこには両開きになっているドアがあった。

そしてその先には、外の世界が広がっているのが見える。

どうやらバルコニーみたいだ。

あそこから外を見れば、今自分が居る位置がわかるかもしれない！

一縷の希望を見つけた僕は、小走りで駆けていく。

そして外の景色を見るために一歩踏み出すと……。

「──きゃっ!?」

「わわわっ!?」

勢いよく飛び出してきた女性と、思い切りぶつかってしまうのだった──。

「すすすすみませんっ！」

「いえいえ、勢いよく歩いていた僕も悪いですから！」

僕へぺこぺこと頭を下げているのは、修道着を着ているシスターさんだった。

ゆったりとした青い服に、エプロンのような白い布が縫い込まれている。

服には金の縁取りがされていて、素材も肌触りが良さそうなのが一目でわかった。

多分、カーチャと同じくこのホテルに宿泊しているお客さんの一人なんだろう。

「僕が」

「いえいえ私が」

「いえいえ僕が……」

「いやいや私が……」

ぺこぺこ、ぺこぺこ。

自分が悪い、いやいや私が……と言い合いを続ける。

お互いが謝った回数が五回を超えたあたりで、この謝り合戦があまりに不毛であることに気付いてしまった僕。

下げていた頭を上げると、シスターさんと目が合う。

こちらに何かを訴えかけるようなその視線に、彼女も僕と同じ結論に至ったことを悟った。

「「……」」

お互い視線は合わせたまま、相手のことをじっと見る。

さっきは格好に完全に意識が持っていかれていたので気付かなかったけれど、このシスターさん……とんでもなく顔立ちが整っている。

それだけじゃなく、スタイルもすごい。

いわゆるボンキュッボンってやつだ。

失礼にならないよう、目線はお人形さんみたいな顔に固定させた。

「「ぷっ……あははっ！」」

どちらともなく笑い出す。

謝り合ってる僕らは間抜けだ。

ああ、おかしい。

「ぶつかってごめんなさい、実は道に迷ってしまっていて、外からなら部屋がわかるかなと思って急いでいたんです」

「私はやらなければいけない用事を思い出しまして。急いで部屋に戻ろうとしたところをその……あなたにぶつかってしまいました、ごめんなさい」

「それじゃあお互い様、ということで」

「はい、ふふふっ……」

手で口を抑えて上品に笑う様子には、愛嬌があった。

多分立場のある人なんだろうという感じが、挙動の端々から伝わってくる。

カーチャとはまた違ったタイプのお嬢様だ。

……いや、カーチャが特殊すぎるだけで、こっちが一般的なのかな？

「僕はブルーノと言います」

「――まあ、それでは、あなたが……」

「……え、僕のこと知ってるんですか？」

「はい、もちろんです。そのご高名はかねがね」

名前を聞こうかな。

でも彼女が立場のある人なら、聞かない方が精神衛生上いいかな。
なんて考えていた時のことだった。
――殺気ッ！
即座に結界を周囲に展開させる。
ギィンッ！
展開が間に合った。攻撃してきた武器は――長くて尖った、針？
初めて見る武器だ、暗器の類だろうか。
「おい下郎、聖女ヴォラキア様に狼藉を働いたな？」
「えっ!?」
この女の子が――セリエで教皇を唯一止められるという、あの聖女様なの!?
どどどどうしよう。
ぶつかっちゃったせいか、護衛の人がものすごい怒ってる……。
誠心誠意謝ったら、なんとか許してもらえないかな……？
「ちっ、硬いな」
キキキキンッ！
細長い針が、連続してこちらに飛んでくる。
いつ誰に襲われてもいいよう、結界は常に張っている。

ってそうだ、今の僕の結界、相手の攻撃を跳ね返す仕様のままだ！
食らった針がそのまま襲撃者の方へと飛んでいく。
「――ぐうっ!?」
あがった悲鳴は甲高かった。
黒くて見えづらいけど……女性なの、かな？
パチリと指を鳴らし、結界を切り替える。
今回は相手に攻撃が返らないタイプの、物理特化型の障壁にすることにした。
彼女は飛び道具を無意味と考えたからか、懐から何かを取り出した。
あれは――極太の、針？
魔物の牙を削って作ったと思しき何かを、固く握りしめている。
このまま倒してもいいものだろうか。
多分だけどこの人って……彼女の護衛的な人だよね？
ちらっと、さっきまで話していた女の子の方を向く。
そして僕は――彼女が聖女と呼ばれている理由を理解した。
「ハミル、止めなさい」
叫んだわけじゃないし、金切り声を上げたわけでもない。
けれどその澄んだ声は、まるで拡声されてるみたいに耳に届いてくる。

澄んだ声、大きな瞳、神聖な雰囲気。

その全ての構成要素が噛み合って、なんていうんだろう……有無を言わさず相手を従わせる権威、みたいなものがある。

ああ、彼女は本当に聖女なんだ。

僕は宗教のなんたるかを知らないけれど、その冒しがたい雰囲気は、不信心な僕ですら唸ってしまうくらいに荘厳だった。

僕を襲ってきた針使いの人も、聖女様の言葉を聞いて矛を収めた。

膝を曲げて片膝をついて、頭を垂れる。

それを見て聖女様はコクリと頷く。

そして……こっちに来る時には、先ほどまでの威厳が嘘だったみたいに、また人好きのするさっきまでの彼女に戻っていた。

「ブルーノさん、ご挨拶が遅れました。私はマリアと申します。どうぞ堅苦しい名では呼ばず、マリアとお呼びください」

「え、でもさっき……」

ヴォラキアなのかマリアなのか、聖女なのかそうではないのか。

色々な出来事が起こりすぎているせいでちょっと頭がパニックになってきている僕を見て、マリアが笑う。

「私が聖女だったのは、少し前までの話なんですよ。今は爵位も返上していますので、ただのマリアとして過ごしています」

「なるほど、そういうことだったんですか」

政争で負けた、とかなんだろうか。

たしかセリエは直近で政変とか起きて、色々大変なことになっているってカーチャからは聞いていたし……。

と、とにかく下手なことは言わないようにしておこう。

首を突っ込んでセリエの事情に巻き込まれたら、僕だけじゃなくアイビーとカーチャにも迷惑がかかってしまう。

マリアさんが現在進行形で偉いのかそうじゃないのかはわからないけれど、元偉い人なのは間違いないわけで。

とりあえず目上の人への態度を心がけていれば、間違えることはない……はず。

どうしよう、なんだかちょっと不安になってきた……。

「……そろそろ、失礼させていただきます」

「はい……それでは、また」

無難に会話をこなしてから、マリアさんと別れる。

別れ際の彼女の言葉が、妙に頭に残った。

またって……一体どういう意味だろう？

まるでもう一度会うことがわかってるみたいな言い方だ。

とりあえず……アイビーとカーチャに相談しよう。

既に僕のキャパは、完全にオーバーしてるからね！

「……しまった、部屋までの道を確認するの、完全に忘れてたよ……」

結局そのあと僕に充てられた部屋を探すまでには更に時間がかかってしまい、無事辿り着く頃には僕は完全にくたくたになってしまっていたのだった……。


自分に宛がわれた部屋になんとか辿り着いた僕は、中に空気しか入ってないんじゃないかというほど軽い布団に包まれながら一瞬で眠りについた。

そして朝になって起きてみると、何故か抱き枕サイズのアイビーが僕の隣で眠っていた。

どうやら護衛の役をシャノンさんに代わってもらい、眠りに来たらしい。

二度寝をしてから彼女と戯れ、すぐにカーチャの下へ向かう。

僕とは違って道を完璧に覚えられているアイビーに従いながら進むと、すぐにカーチャの部屋に到着。

既に朝ご飯を食べ終わり、紅茶を飲みながら一服していた彼女に昨日あったことについての説明をする。

するとすぐに答えが返ってきた。

「ふむ、その人物は間違いなく先々代の聖女マリア・ヴォラキアじゃろうな」

「先々代の聖女、マリア・ヴォラキア……」

先代じゃなくて先々代なんだね。

まだ彼女は僕とそれほど年齢が変わらないようにも見えたけど……。

「うむ、年齢自体はたしか二十歳前後だったと思うぞ」

「それだと少し年上なぐらいだね……」

セリエの聖女様っていうのは、そんなに頻繁に変わるものなんだろうか。

うちの聖女様は少し前に代替わりをしたけれど、先代の聖女様はたしか結構なご高齢だったはず。

でも今でその年齢ってことは、聖女だった時はもっと若かったはず。

今の僕とそんなに代わらない年齢で責任ある立場にいるっていうのは、一体どんな気分だったんだろう。

「みぃ」

アイビーは胸を張っていた。

どうやら私の方が若いよ、と主張しているみたいだ。

「みぃ～……」

かわいいやつめと額をつんつんしてやると、気持ちよさそうな声をあげてぐてーっと身体を預けてくる。

「相変わらず……」

「仲が良いわね……」

僕らの代わりに護衛をしてくれていたシャノンさんとカーチャの視線を浴びながら、笑い合ってこくりと頷く。

そう、僕らは実はとっても仲良しなのだ。

「ちなみに、今代の聖女様は何歳くらいなんですか？」

「今代の聖女アリエスは十九、先代の聖女ミルドラは十八じゃな」

「皆ずいぶんと若いですね……」

うむ、と頷いて腕を組むカーチャ。

彼女にしては珍しく眉間に皺を寄せながら、口をへの字に曲げている。

「前に政変があったと言ったじゃろう？　あまり詳しい事情は漏れてこない故わからんのじゃが、枢機卿の一人がかなり無茶苦茶しておったらしくてな。先々代の聖女マリアはそのゴタゴタで引きずり下ろされたし、そいつが推していた先代聖女はそいつが失脚するとすぐに権力の座から引きずり下ろされた。そして現在はどこにも紐のついていない少女が聖女をやっているというわけじゃ」

「なるほど……」

「みぃ……」

聖女っていうのは本当に立場のある人間なんだろうか。

いや、あんな風に強そうな護衛に守られているから、間違いなく立場はあるんだろうけど。

でもセリエにおいては、聖女っていうのは簡単にすげ替えられるようなものってことだよね。

政治に振り回されて、バンバン交替しちゃうってことは、立場が強いわけではなさそうだし。

あのマリアさんは、聖女という立場のことをどんな風に考えているんだろう。

案外、聖女って役目から降りることができて幸せに暮らせているのかも……なんていうのは、僕の勝手な想像というか、そうあってくれたら嬉しいなっていう願望だけど。

少なくとも今の生活に満足しているような様子だった。

護衛は物騒だったけど、彼女はどこか抜けていて人がよさそうだったから、また下手に誰かに利用されないような人生を歩んでくれたらと思う。

「でも同じ宿泊施設に泊まっているっていうのに、カーチャに連絡がいかなかったのは不思議だね。先々代とはいえ聖女様なんだから、挨拶くらいはしといた方が無難だと思うけど……セリエだとまた違うのかな？」

「ふむ、今の妾にはなんとも言えんが……」

そう言うとカーチャはじっとこちら……僕とアイビーのことを交互に見て、

「案外妾ではなくブルーノ達に接触するのが目的だったりしてな?」

「まさか、そんなわけ……」

カーチャの言葉を笑い飛ばそうとした僕だけど、別れ際のマリアさんの言葉を思い出すと、笑みは引っ込んでしまった。

『はい……それでは、また』

まさか……まさかね。

そんなわけはないだろうと思いつつも、僕はカーチャの予想を強く否定することのできぬまま、ポリポリと頭を掻くのだった――。


その日の夜、カーチャはボルゴグラード男爵が開くパーティーへと招かれることになった。

それが終わったら次の日にはアリストクラーツを出発して更に北へ行き、イシュテートという街へと向かう。

そこで待っているらしい枢機卿の一人に会ってパーティーをし、後は南下して王国へ帰って終了という日程らしい。

カーチャはまだ成人していないし、辺境伯から決定権を渡されたりしているわけでもない。

なので今回は純粋な親善、カーチャはただ本当にセリエの人達と仲良くしているだけでいい。

有力者達との顔繋ぎと、今後も仲良くしましょうというのが目的だからね。

馬車の速度なんかにもよるだろうけれど、あと半月前後は覚悟してほしいと言われた。

もちろん僕的にもアイビー的にもまったく構わない。

たしかに慣れていないベッドと枕で寝るのはちょっと慣れないけど、正直旅行気分でなんだか楽しいし。

けれど実はそんな旅路に異議を唱える者が一人いた。

そう——サンシタである。

《うう、あっし、つらいでやんす……》

「よしよしごめんね……」

《いくらなんでも暇すぎるでやんす！　なんとかしてくだせぇ、ブルーノ兄貴！》

厩舎の中で一人黄昏れていたサンシタが、僕がやって来るとものすごい勢いで飛び出してきた。

本人が言っている通り、相当暇だったんだろう。

……見知らぬ土地に来て興奮してたせいで、昨日来るのを忘れちゃっていたという事実は、僕の心の中にしまっておこうと思う。

《……なんかめっちゃ監視もついてやすし。あいつら時々入ってくるんで、なかなかぐっすり眠れないんすよ……》

「……ごめん」

そう、アリストクラーツの街に来てからというもの、サンシタは街中に出歩くこともできなければ、空を駆けることも許されていない。

いくら従魔とはいえ、グリフォンを連れ回したりする許可が出なかったのだ。

おまけに今、厩舎の近辺には明らかに警戒している様子の男達の姿がいくつも確認できる。

いかにも武人って感じのゴリマッチョ達だ。

実際の強さはわからないけれど、あんな人達に常に見張られているとなると、たしかにサンシタとしても気が気じゃないだろう。

ストレスがたまるのも当然のことだ。

エンドルド辺境伯が豪放な人だからつい忘れていたけれど。

本来ならグリフォンっていう一等級の魔物は、領主からすると最大限警戒しなければならない凶悪な魔物なのだ。

僕らの感覚が、ちょっと麻痺しているだけで。

きっと街中での着陸許可を出すエンドルド辺境伯がおかしくて、こっちの対応の方が正常なんだろう。

大変申し訳ないけれど、サンシタには我慢してもらうしかない。

ただの護衛の僕にできることはほとんどないのだ。

「とりあえず明日になったら外でのびのびできるから、今日はなんとか耐えてね」

《後生でやんす！　後生でやんす！》

「――みっ！」

先ほどまで何も言わず黙っていたアイビーの一喝。

その衝撃は厩舎全体に伝わり、先ほどまでぶるんぶるんと興奮していた馬達も、すがるように叫んでいたサンシタも、あらゆる生物が一瞬で声を失った。

「みみっ！」

バチーン！

アイビーが魔力で作った手で放った渾身の張り手が、サンシタに突き刺さる。

ほっぺたを真っ赤に腫らし痛いでやんす……と呟くサンシタを、アイビーはキッと睨んだ。

《――ハッ！》

そしてサンシタは、大きく目を見開いてブルブルと震えだした。

どうやら何かに目覚めたみたいだ。

《なるほど、つまり……この環境すら修行と思えないようじゃ、あの女に勝つのは無理ってことでやんすね！》

「みぃ」

サンシタはそれだけ言うと納得し、黙って瞑想を始めてしまった。

さっき僕に泣きついていた時の様子が嘘のように、呼吸音すら押し殺して意識を没入させている。

何がなんだかわからないうちに、アイビーの鶴の一声で事態が解決したらしい。

どうやらレイさんへのライバル意識を焚きつけてなんとかしたみたいだ。

さすがだね、アイビー。サンシタの操り方というものを、よく理解している。

僕はとりあえず平常心を取り戻したらしいサンシタを置いて厩舎を出る。

するとそこには、ひっくり返って気絶しているサンシタの監視役達の姿があった。

「みっ」

ぱちりとウィンクをするアイビー。

どうやらサンシタに活を入れたあの瞬間、彼らにもちょっとお灸を据えたらしい。

たしかに監視するっていったって、何もサンシタにストレスをかけるやり方を選ぶ必要はないもんね。

もうちょっとやり方を選んでくれれば、サンシタの安眠が妨害されることはなかったはずだし。

ただサンシタを言いくるめるだけで終わらないところが、アイビーのアイビーたる所以である。

サンシタ、窮屈な思いをさせちゃってごめん。

明日街を出たら、また一緒に空を駆けようね。

とりあえず時間が空いている今のうちに、パーティーで着るための正装を用意しなくちゃいけないんだけど……サンシタが喜ぶようなお土産でも買ってきてあげよう。

暇そうにしていたサンシタをあやしても、時刻はまだ昼。

夜からはパーティーなので、今のうちに必要なものを買っておかなくちゃ。

どうやらカーチャの方も夜まではすることがないので、彼女と一緒に出掛けることにした。

今回、僕とシャノンさんはカーチャの護衛という形でパーティーに参加することになる。

ちなみにアイビーは僕の従魔という形で参加を許可されている。

そして残念なことに、サンシタの許可は下りなかった。現実って、非情だよね……。

とにかく、僕はそういったパーティーのドレスコードを守れるような、所謂フォーマルでかっちりとした服なんか一つも持っていない。

今まで着る機会も一度もなかったし。

そもそもパーティーなんてものは、平民の子供だった僕からすると縁遠い世界の話だったからさ。

なのでどんなものを買えばいいのかとかなんてことは、当然ながらまったくわからない。

今回は既に社交界に出た経験があるカーチャに完全に服選びを任せてしまうつもりだ。

「今日は暇だから、私もついて行くわね」

シャノンさんは一等級冒険者として貴族に呼ばれることも何度もあったので、既に一張羅は持っているとのこと。なのでついてきてくれるのは、純粋な好意からだ。

昨日は別行動だったけれど、今日は一緒に行動できるんだな。

そう言えばこの街に来てから長いこと、姿が見えなかったけど……シャノンさん、一体何をしてたんだろう？

……まあいっか。シャノンさんにもきっとやることがあったんだろうし。

とりあえず服を買うついでに、サンシタが喜ぶようなお土産でも買ってあげよう。

窮屈な思いをしてばっかりじゃ、彼がかわいそうだしね。

カーチャが選んだのは、店の外見からして高級な感じを受ける服飾店だった。

中に入ると出迎えてくれた店員さん達も皆、ぴっちりとした制服に身を包んでいる。

多分だけど、あれらも全部ここで作っているんだろうな。

「ふむ、やっぱりアクープより洗練されておるの」

「こっちのカットソーなんか良い感じよね、個人的に買っていこうかな？」

「みみっ！　みーみーっ！」

女性が三人寄れば姦しい。

カーチャもシャノンさんもアイビーもあっちへふらふらこっちへふらふら。

服が大量に並んでいるところを見てきゃーきゃーと騒いでいる。

たしか僕の記憶が間違っていなければ、僕がパーティーに着ていくための服を見にきたはずなんだけどな……。

でも流石高級店。アイビーが店の中に入っても、店員さんが顔色一つ変えていない。

というかアイビー、君は一体何を見ているんだい？

亀が人間サイズの服を見ても、楽しかったりするんだろうか……？

僕は手持ち無沙汰になってしまったので、なんとなくそれっぽい既製品を眺めることにした。

色も黒だったり灰色だったり紺色だったり。

シャツがよく見えるタイプから、首までしっかりと締まっているタイプ。

いっぱいあり過ぎて何がいいのかイマイチわからない。

流石にこの黒の縦線が入っている柄を着て行っちゃいけないことくらいはわかるけど……。

うーむ、悩むなぁ……この紺色のスーツなんかどうだろうか。

「色はグレーか黒にしときなさい。それ以外の色だと目立つわよ」

気が付けば、端から順に服を眺めているカーチャとアイビーと別れたシャノンさんが、隣に来てくれていた。

「そういうものですか」

「とりあえず主催者より派手な色を使っているとマナー違反ね。だから勝手知ったるパーティーでもない限り、男は黒いスーツを着とくのが無難よ」

「なるほど……」

それならとりあえず黒いのを着ていこう。

護衛として行く僕が、カーチャより目立ったり、彼女の面子を傷つけるようなことしちゃいけないし。

「そうねぇ……これなんか似合うんじゃない？」

そういってシャノンさんが出してきたのは、普通の黒のスーツだった。

裏側の生地が赤くなっているのがおしゃれポイントだそうな。

裏が何色でも見えないから変わらないと思うんだけど……と不思議に思っていると、シャノンさんはチッチッチッと指を左右に振った。

「見えないところにワンポイントあるのがおしゃれなんじゃない」

どうやらおしゃれとはそういうものらしい。

ちょっと僕にはわからない世界だなぁ。

おしゃれの道は、なかなかに険しそうだ。

「じゃあこれ買います」

「ちゃんと選ばなくていいの？　たくさんあるけど」

「たくさんありすぎて目移りしちゃいますよ。別に黒ければどれを着てもいいなら、シャノンさんに薦めてもらったこれにします」

「かわいいこと言ってくれるのね」

そう言って顎下を撫でられる。

ふわりと香る大人の香水の匂いに、思わず頭がクラクラした。

「ブルーノ、シャノン、こっちに来るのじゃ！」

「みいみいっ！」

二人の呼び声を聞いて、僕は笑う。

女の子の買い物が長いのは、貴族も平民も亀も変わらないらしい。

本来の目的である僕の服を買ったんだから、もう戻ってゆっくりしとこうよとも思うけど、そんなことは言うだけ無駄なんだよね。

これはパーティーギリギリまでかかるかもしれないな……なんて考えながら、シャノンさんと頷き合い、歩き出す。

そして僕は女の子の買い物に長時間付き合うという、男にとってなかなかに疲れる仕事をこなし、そのままパーティーへと向かうことになるのだった——。

パーティー会場は泊まっている宿を少し離れたところにある、ボルゴグラード男爵の屋敷にある。

手配してもらった馬車に乗り、会場へと向かう。

「……」

外を見つめていたカーチャの顔は、緊張で強張っていた。

その横顔を見ながら、僕は自分に言い聞かせる。

言動で忘れてしまいそうになるけれど、彼女はごくごく普通の女の子。

他国の重鎮なんかと話すんだから、緊張するのも当たり前。

だから年上の僕達が、フォローしてあげなくちゃ。

「大丈夫だよ、僕らがいるから」

「みぃっ！」

ふりふりのドレスを着ておしゃれをしているアイビーも頷いてくれる。

アイビーは何を思ったのか、魔法を発動させる。

現れたのは――ぷかりぷかりと浮かぶ泡だった。

水魔法で作られた泡は宙を舞い、キラキラと光っている。

「すごい綺麗ね……」

「――わっ！　ブルーノと妾じゃ！」

感嘆するシャノンさんの隣で、カーチャが指を差す。

その先にあるのは――僕とカーチャにそっくりな泡だった。

祭りで出るお面のような、ちょっとデフォルメされた感じの僕達の顔が浮かんでいる。

「みっ！」

アイビーが気合いを入れると、その隣にまた新たな泡ができていく。

シャノンさんにサンシタ、そしてアイビー。

他の人達は皆顔だけだけど、なぜかアイビーだけ全身モデルだった。

そしてなぜか、アイビーだけ実物よりかなり美化されているような気がする。

アイビー、君……こんなに目もキラキラしてないし、足も長くないよね？

「……みっ！」

僕が顔を向けると、アイビーはぷいっと顔をそらしてしまう。

どうやら彼女の機嫌を損ねてしまったらしく、その頬はぷくっと膨らんでいた。

僕らのやり取りを見ていたカーチャが、ぶふぉっと乙女が出しちゃいけない音を鳴らしながら、おもいきり噴き出した。

「ふふっ……」

そして少し落ち着いてから、口に手を当てて上品に笑う。

いつものように自然で、どこか人好きのする快活な笑みだ。

どうやら、肩から力が抜けてくれたみたいだ。

アイビーの頬を押しつぶすと、ぽひゅっと情けない音が鳴る。

機嫌が直ったのか、こちらに振り向く彼女。

その顔は、仕事で疲れたくたびれた中年のおじさんみたいだった。

「突然の変顔っ!?」

「ぷっ」

今まで我慢していたシャノンさんにもとうとう限界が来た。

そして僕とシャノンさんが笑っているのを見て、カーチャはまたお腹を抱えて笑い出す。

「あっはっは……ありがとうな、二人とも！」

どうやら緊張は完璧にほぐれたらしい。

既に顔を戻しているアイビーにグッと親指を立てると、彼女が前足を上げた。

僕はその意に沿って、彼女に向けてハイタッチ！

やったねアイビー、僕らの勝利だ！

勝利の余韻に浸りながらシャノンさんと目を合わせると、なぜかウィンクされた。

……それ、どういう意味ですか？

馬車の中の雰囲気が、一気に和やかムードに一変した。

このままパーティーに一生着かずに、馬車の中で一日を過ごしてしまえればいいのに。

思わずそう考えてしまうほど、中は快適な空間に早変わりしていた。

「それにしても似合っておるのぉ」

「いやあ、それほどでも……」

「ブルーノではない、アイビーの方じゃ！」

「勘違いする男って、痛々しいわよね……」

カーチャ、シャノンさん、そしてアイビー。

向けられる三対のジト目。

そ……そんな目で見ないでってば！

僕が、僕が悪かったです！

とまあそんな具合で僕が悪者になったりならなかったりしながら、道中の時間を楽しく過ごし。

こんな風に何事もなくパーティーが進めばいいなと思っていたんだけど……。

「どうも、ブルーノ殿にアイビー殿。セリエ宗導国の教皇をしている、ラドグリオン七世と申します。どうか気軽にラディと呼んでください」

——どうしてパーティーに教皇様がいるのさ⁉

そして彼……なんだかとってもフランクなんだけど⁉

パーティー会場に入ると、そこは正しく別世界だった。

どれだけ背伸びをしても届かないような高い天井に、そこを彩るキラキラとしたシャンデリア。

なんでかよくわからないけど布を手に抱えて歩いている使用人さんに、参加者のグラスが空になったかと思うと即座に次の一杯を持ってくるメイドさん。

あちらこちらからなんだか美味しそうな匂いが漂い、気付けばふらふらと向かっていってしまいそうになる。

「みっ！」

アイビーの声で、僕は我に返った。

危ない危ない……また護衛そっちのけで、食べ物に釣られるところだった。

「にしてもこれ、首下キツいねぇ……」

今僕が着ているのは、ぴっちりとした黒のスーツだ。

しっかりと上までボタンを締めているのでどうにも違和感があるんだよね。

あ、ちなみにシャノンさんに言われた裏地が赤いやつだよ。

裏地はまったく見えていないから、やっぱり意味があるのかはよくわからない。

「そう?　でもさっきああ言った手前あれだけど、結構似合ってるわよ」

シャノンさんはグラスに入ったワインをクルクルと回しながら、楽しそうに言う。

ちなみにシャノンさんが着ているのは、真っ赤なドレスだった。

髪や目の色にもマッチしていて、とっても似合っている。

貴族家の令嬢と言われても違和感がないくらい。

「あら、嬉しいこと言ってくれるじゃないい」

「みっ!」

アイビーが身体を前に突き出す。

どうやら彼女も誉めてもらいたいみたいだ。

「アイビーも似合ってるよ」

「みいっ!」

ドヤッと胸を張るアイビー。

今の彼女は、特注で誂えられた服を身につけていた。

彼女の身体を包むような形で、サテン生地の服を作ってもらったのだ。

サイズがちいさいおかげで、あっという間にできたので、今回のパーティーに間に合った形である。

アイビーは服を着てご満悦な様子。

楽しそうで何よりだ。

今度、彼女がお出かけの時に着れるような服をプレゼントしようかな。

「アイビー、どれがいい？」

「みっ！」

食事はビュッフェ形式になっていて、好きな時に好きな物を食べることができるようになっている。

どうやらアイビーはハムがご所望のようなので、取りにいく。

ハムにはオーロラソースのようなものがかかっていて、なんとも彩り豊か。

ハムだけだとお皿が寂しいので、ついでにキッシュや肉料理なんかも入れていく。

「みっ！」

「わっ、わかったってば」

アイビーに叱られそうになったので、生野菜も入れていくことにした。

彼女は食事のバランスには一家言あるのだ。

「ほらアイビー、あーん」

「みぃーっ」

アイビーは普段なら魔法を使って自分でご飯を食べるけど、この場であんまり目立ちすぎるのは良くない。

というわけで久しぶりに、僕はアイビーにご飯を食べさせてあげることにした。

楊枝に刺して、ハムや野菜なんかを口許に運んでいく。

口を汚すことなくお上品に食べるアイビー。

僕も合間を見て、料理を食べる。

なんというか……全体的に薄味だった。お上品な味、って言えばいいんだろうか。

冒険者の濃ければ濃いだけいいというご飯に慣れてしまっているせいか、なんだかあまり食べた気がしない。

とりあえずご飯を済ませたら、カーチャを見てくれていたシャノンさんと交替。今度は彼女が食事を摂る番だ。

「これはこれはエカテリーナ様、遠路はるばる……」

「いやいやメルゼ嬢、ご機嫌麗しゅう……」

カーチャはやってくる人達を誰一人として拒まず、更には自分から積極的に話しかけにも行っていた。

老若男女の別なく笑顔を振りまく様子に、ほっこりする人が続出している。

「先ほど食べたブルーベリーが、とても美味しかったのじゃ！　あれはたしかリーム卿が治める教会領で作られたものじゃろう？」

「おおっ、よくご存じで。我が領では他にも――」

事前に情報を覚えておいたらしく、初対面の人とも色々と突っ込んだ話をしている。

会う前から特徴から何から覚えておくなんて、すごい記憶力だ。

方向音痴の僕も見習いたいところである。

でもこうして見ていると……馬車の中で緊張していたのが嘘みたいだ。

社交界、百戦錬磨ですわ感がすごいもん。

とりあえず障壁だけは張っているので、安心安全。

僕らは他の護衛さん達と比べるとゆるーっとした感じで、カーチャの護衛を続けていた。

するとすすーっと、一人の男の人が近付いてくる。

年齢は五十代くらいだろうか。護衛も供回りもつけていないし、偉い人達が被っている縦長帽なんかもつけていない。

恐らく、そこまで立場のある人じゃないんだろう。

もちろんカーチャのように事前知識があるわけでもない僕は、とりあえず曖昧に微笑んでおく。

そしてなんとかこの場を切り抜けようとしたんだけど……。

「どうも、ブルーノ殿にアイビー殿。セリエ宗導国の教皇をしている、ラドグリオン七世と申します。どうか気軽にラディと呼んでください」

「な――もがっ!?」

「みっ！」

叫び出しそうになった僕の口を、アイビーが出した魔法の手が押さえる。

あ、ありがとアイビー。

おかげで大声を出さずに済んだ。

「あ、ちなみに今はお忍びで来てますので、ホントに気にしなくて結構ですよ」

「いっいいえいいえ、教皇猊下相手にそんなフランクに話せるわけないじゃないですか！」

「私はボルゴグラード助祭の私的な友人という形で参加していますから、フランクに接してもらえた方が都合が良いのです」

「そ、それじゃあ……ラディさんでお願いします」

小声でやり取りをする。

周囲の人間に、教皇の正体に気付いている様子はない。

たしかに僕も、王様の顔なんか一度も見たことない。

こうやって普通にお供もつけずにいるなんて、普通は考えないもんね。

でも教皇様がどうしてこの場所に。

というか、なぜ僕に話しかけにきたのだろう。

「もちろんエカテリーナ嬢にも後で話はします。けれどまず最初に、ブルーノ殿と話がしたいと思いまして」

「……僕と、ですか？」

「ええ、うちのスウォームが本当にご迷惑をおかけしました。王国との戦争になっていたかもしれないと後から報告を聞いた時は、本当にびっくりしましたよ」

スウォームっていうのはたしか……魔王十指に操られてたっていう枢機卿の人だよね。

あの人がはっちゃけたせいで、セリエの中は相当ぐちゃぐちゃになっているって聞く。

見れば教皇は明らかに顔色が悪く、目の下の隈も酷いことになっていた。

ガタガタになってしまったセリエを立て直すため、色々と頑張っているんだろう。

「みっ！」

アイビーも同じことを思ったのか、教皇に回復魔法をかけてあげようとする。

あ、でもこれは……と僕が止めようとするより、彼女が魔法を使う方が早かった。

「これは……ラストヒールですか」

アイビーが最上級回復魔法が使えることが、一瞬でバレちゃったーーっ!?

「みみっ？」

『あれ、私何かやっちゃいました？』という感じで首を傾げるアイビーを見て、教皇が笑う。

回復魔法を受けたおかげで、明らかに血色が良くなっていた。

「いやはや、色々と話は聞いていたのですが……やっぱり実際、会ってみるものですな」

「そう……ですか？」

「ええ、よぉくわかりました。少なくとも王国と事を構えるべきではないということがね」

小さく頷く教皇様。

その様子は威厳ある王様というより、孫の話を嬉しそうに聞くおじいちゃんみたいだった。

「ブルーノ殿、そしてアイビー殿。実は私がここにやって来たのは、あなた方にお願いがあるからなのです」

「僕達に、ですか？」

「み？」

教皇様が、僕らに会うためにわざわざ皇都を出てこのアリストクラーツの街にまでやってきたってこと……？

だとしたら多分……というか間違いなく、碌でもない理由な気がするんだけど……。

そんな僕の懸念は、見事的中することになる。

「先々代聖女、マリア・ヴォラキア……彼女をこのセリエから、連れ出していってはくれないでしょうか？」

「……え？」

耳を疑った。

一旦耳の穴に指を突っ込んで、異常がないかを確認する。

まったくもって、僕の耳は正常だった。

つまりおかしいのは、教皇様が言っている言葉の方ってことだ。

「ど……どうしてそんなことになるんですか？」

「ふむ、どこから話したものですかな……」

先々代聖女マリア・ヴォラキア。

彼女は公式発表で、スウォームに失脚させられてから行方不明ということになっている。

けれど生きているというのは、セリエの中では公然の事実らしい。

彼女がセリエの中にいると、要らぬ問題が起こってしまうんだって。

「たとえば現在の聖女であるアリエスのことを快く思わない一派がある。彼女はあまり外交的ではないですし、それに実力や実績も聖女になるにはまだ不足していますからね。ですから反アリエス派はなんとかしてアリエスの首をすげ替えることはできないかと考えるわけです」

そうなった場合に彼らが旗頭にするのは、不遇のうちにスウォームに失脚させられてしまった悲劇の元聖女マリアさんになる。

マリアさんの気持ちは置いておくとしても、彼女が大した理由もなく聖女の地位を奪われたのは事実。

マリアさんは国内でも強い支持があり、未だその人気は高い。

疫病が発生した地域へ飛んでいき回復魔法でそれを抑えたり、私財をなげうって貧民を救済したり。

そういった立ち振る舞いだけではなく、持っている力も歴代聖女の中でも一二を争うらしい。

教皇様は民は現聖女のアリエスさんではなく、先々代聖女のマリアさんを支持するだろうと見ているんだって。

けれど教皇様的には、アリエスさんに聖女を続投してほしい。

だが下手に反対派が動き回って国の世論が真っ二つに割れてしまえば、そこから先は大変だ。内戦が起こるかもしれないし、本当の聖女がどちらなのかを決めるため『漆黒教典』なんかによる実力行使も起きかねないということらしい。

既にスウォームのせいで国内が大分ヤバいことになっているセリエ宗導国としては、これ以上の問題を起こしたくない。

「それをなんとかするために、マリアさんを外国に出してしまった方がいい、ってことですか？」

「はい。ついでに外で旦那でも作って、名を捨てて幸せに暮らしてもらえればそれが一番いいですね」

マリアさんが国内にいると、彼女だけじゃなくてセリエまで危険になる。

だから出て行ってもらった方が都合がいい。

ここまでは僕にもわかった。

けどわからないことがある。

どうして教皇様は……カーチャじゃなくて、僕らに話をよこしたんだろう？

だってことは聖女様の話だよ？

結構、というかかなり大事な、王国も無関係じゃいられないくらいの重要案件だ。

普通に考えたら僕らなんかじゃなくて、カーチャ経由でエンドルド辺境伯に話を通した方がいいと思うんだけど……。

「できればマリアには、普通の暮らしをしてもらいたいのですよ。貴方の国にも聖女はいるでしょうから、問題は起きることでしょう。そしてそう言った問題を解決できるのは恐らくブルーノ殿とアイビー殿になるでしょう」

「──みっ!!」

今まで黙っていたアイビーが、急に鳴き出した。

見れば彼女は、教皇様に怒っていた。

アイビーが一体、何に怒っているのか。

僕にはすぐにわかった。

教皇がマリアさんという面倒を持ち込むことで、僕とアイビーの日々の生活を邪魔しようとしていることが、きっと彼女には我慢ならなかったのだ。

そんなアイビーのことを見つめてから教皇様は──ぺこりと頭を下げた。

そしてそのまま膝を折り、土下座をしようとする。

「ちょ、ちょっと待って下さい！」

教皇様に土下座なんてさせられないよ！

腕を摑み、なんとか引き上げる。

「大変申し訳ありません……ですがこのままでは遠からず、マリアには不幸が訪れることに……」

たしかに、マリアさんがセリエに居続けると問題は起こりそうだ。

だから王国に居てもらった方が皆幸せ。

でも王国に連れてきても、色々と面倒は起こる。

「アイビー」

「みぃ」

「僕らがマリアさんを、アクープに連れて行こう」

「みっ？」

首を傾げるアイビー。

本当にそれでいいのか、だって？

うん。

だって――困ってる人を見捨てるわけにはいかないよ。

たとえそれが、隣国の人であってもさ。

「みぃ～～」

しょうがないなぁ、という感じでため息を吐くアイビー。

出来の悪い息子の面倒をみるお母さんみたいに、その顔には母性があふれていた。

たしかに問題は起こるかもしれない。

けどさ、今の僕らは、アクープに来たばかりの、なんにもなかった頃とは違う。

今の僕らは、全てを自分達の力で解決しなくちゃいけないわけじゃないんだ。

カーチャもいる、エンドルド辺境伯もいる。

そして……今まで、なるべく触れないようにやり過ごしてきていたけど、レイさんとローガンさんだっている。

それに加えて魔王十指もいるわけだし、歴史上稀に見るグリフォンライダーもいるわけだし、今更問題が一つ二つ増えても変わらない。

もちろんカーチャと辺境伯に詳しい話をしてからだけどさ。

とりあえずは前向きに検討していこう。

大丈夫、僕とアイビーならきっと、なんだってできるよ。

「――みっ！」

アイビーがコクリと頷く。

教皇様は僕達の様子を見て、ホッとため息を吐いていた。

パーティーはそれ以降はつつがなく進み、無事に終わった。

カーチャと話をした結果、とりあえず一度マリアさんと会う機会を設けることになった。

何事もなく終わるといいんだけどなぁ。

「どうも、元聖女で今はただの村人のマリアです。短い間ではありますが、今日からよろしくお願い致します」

そう言ってぺこりと頭を下げるマリアさん。

彼女はイシュテートという街へ向かう道すがら、とりあえず僕達と同行することになった。

そこで彼女の人となりを判断しよう、という考えみたいだ。

「ひひいいんっっ!!」

パシンと鞭で叩かれる音がすると、馬がいななく。

馬車は無事出発……すると思ったんだけど。

《出発進行でやんす！》

「ひひいいいいんんっっ!?」

「おっ、ちょっと、落ち着けッ！」

楽しくなったのかサンシタも馬と一緒に鳴いたら、馬の方が驚いて暴れだしてしまった。

まさか横から空の覇者に合いの手を入れられるとは思ってなかったんだろう。

御者さんの健闘虚しく、馬車の中がぐわんぐわんと揺れ始める。

「キャッ！」

「わっ！」

馬車が傾き、カーチャとマリアさんが悲鳴を上げる。

横揺れに立っていられなくなった二人が、横に倒れ込む。

「おっと！」

二人の小柄な身体を抱え込んだ。

……僕じゃなくて、シャノンさんが。

「大丈夫ですか？」

「うむ！」

「あ、ありがとうございます……」

シャノンさんが見事なキャッチをしてみせると、馬も落ち着いてきた。

どうやらサンシタが、空気を読んで空に飛んでいったらしい。

何もすることなくただ揺られていた僕の方に近付いてきたシャノンさんが……。

「ごめんね、ブルーノのラッキースケベ権を奪っちゃったわ」

「……そんな権利、要りませんよ」

「二人のお尻の感触、教えてあげよっか？」

「要りません！」

こうしてシャノンさんが僕をからかっているうちに、ようやっと馬車は発車するのだった。

最初にアクシデントがあったからか、馬車の中の空気は終始和やかだった。

「マリアは妾が思っていたよりずっと美人さんだな。画家のマルチェッロも、御主の魅力を完全に絵に落とし込むことはできんだろう」

「あら、お褒めいただきありがとうございます」

「うむ、妾が男の子《おのこ》だったら自分の女にしようとしていたくらい美しいぞ」

『それは褒め言葉なんだろうか？』と思ったが、マリアさんが浮かべていたのが笑顔だったので、間違ってはいないらしい。

女心って難しい。

今度僕も使ってみようかな。

なんて、嘘嘘冗談。

マリアさんとカーチャが話をし始める。

カーチャのさっぱりとした性格をマリアさんも気に入ったらしく、二人はそれほど時間もかからないうちに打ち解けて話をし始める。

そして二人を助けた王子様のシャノンさんは、間に立ってうんうんと話を聞いている。

女性が占有している割合の高い空間にいることには、もう慣れた。

ラピスラズリの三人と話をしているうちに、精神的にクタクタになってしまっていた僕はもういないのだ。

思えば僕も、結構成長したと思う。

けれど手持ち無沙汰なのは変わらないし、女の子同士のかしましいガールズトークに割って入っていけるだけの胆力もないので、僕はとりあえずアイビーと戯れることにした。

ちょんちょん、とほっぺをつついてやる。

「みっ！」

何やらアイビーはご機嫌ななめのようだ。

『暇だからって急にかまわれても、嬉しくないわ！』って感じだろうか。

そう言えばここ最近は妙に忙しかったせいで、あまりアイビーとの時間が取れていない。

折角なのでこの空いた時間を、アイビーとのスキンシップの時間に充てさせてもらうことにしよう。

「こちょこちょこちょ」

「みっ！」

お腹の下の方をくすぐってやると、アイビーがむず痒そうに身体をよじる。

そのままくすぐり続けると、くるっと回転してお腹をこちらに向けた。

「みぃ～～」

どうやらリラックスしたみたいで、ぐでーっと身体を僕の右手の上に預けてくる。

今度はゆっくりとお腹をさすってあげる。

なでなでしていると、アイビーが気持ちよさそうに目を細めた。

「みぃっ！」

ようやっと機嫌を直してくれたアイビーを撫でていると、外からガタゴトと音が聞こえる。そしてすぐに、窓から陽の光が漏れてくるようになった。

どうやら街を出て、街道に出たらしい。

思わずお昼寝をしたくなるぽかぽか加減だ。

馬車の規則的な揺れも、良い感じに睡眠導入剤になっている。

「ふわあぁ……」

「みぃ……」

なんだか瞼が重たくなってきた。

くるっと回転しお腹を下に戻したアイビーが僕の膝の上に収まるサイズになる。

そしてそのまま伏せの体勢になって、ゆっくりと目を閉じる。

僕も彼女に釣られるように、そのまま目を閉じて、馬車に背中を預ける。

「…………すぅ」

「…………みぃ」

カーチャ達の笑い声を聞きながら、僕の意識はゆっくりと闇に落ちていく。

そして僕達はさんさんと降り注ぐ陽の光の誘惑に負け、お昼寝をしてしまうのだった――。

お昼寝をしたり起きたり、野宿を楽しんだりすることしばし。

僕らはようやくイシュテートの街に着いた。

街の雰囲気は、アリストクラーツより物々しくない。

外壁も一回りは小さいので、なんというか全体的にこじんまりとした感じがする。

何度か遭遇もしたけれど、ここら辺に出てくる魔物はそれほど強くない。

わざわざ維持するのが大変なものを作る必要もないってことなんだろう。

「それでは行ってくる。留守の間のことは頼んだぞ！」

「わかったよ」

「みいっ！」

そう言ってカーチャは街の北の方にあるらしいなんちゃら枢機卿の屋敷へと向かっていった。

ちなみにその場には、シャノンさんがついていっている。

僕とアイビーの役目は、国内では色々なところからまだ狙われる可能性のあるマリアさんのお目付役だ。

とりあえずあまり人目につかぬよう、宿の中でぼうっと時間が経つのを待っている。

「護衛は私一人で事足りるんだがな……」

そう言ってこちらを睨んでいるのは、僕が初めてマリアさんと会った時に攻撃をしてきた女性だ。

白銀の鎧を着込んだ彼女の名前は、ハミルさん。

聖女様直属の騎士団に所属していたらしい彼女は、なんとマリアさんが失脚すると同時に騎士団を辞め、以後はずっと護衛の役目を果たしているのだという。

ものすごい忠誠心だ。

それだけマリアさんのことを信奉しているからこそ、あの時はいきなり僕に攻撃を仕掛けてきたんだろう。

ちょっと忠誠心が暴走しすぎている気がしないでもないけど……。

ちなみにカーチャ達と一緒に馬車の中にいる時に、御者をしていたのも彼女だ。

鎧をよく見れば鎧の上に彫り込まれていたであろう紋章の部分は、抉り取られている。

騎士団とは完全に訣別した、ということなのかもしれない。

「まあまあハミル、そんな気張らないで」

「ですが……」

僕らに対してはキツい視線を向けるハミルさんだが、マリアさんの言うことには逆らえないのか渋々引き下がった。

そして今もマリアさんの後方から、僕達のことを睨んでいる。

「みぃ」

嫌な感じの視線を受け、アイビーが嫌そうな顔をしている。

彼女の機嫌を直すために、とりあえず部屋を出る。

今日泊まる宿は二階建てで、一階に食堂がある。

「アイビー、どれがいい？」

「みっ！　みっみっ！」

肉、野菜、魚、果物。

色んな品目を栄養の偏りなく選ぶアイビーによって、バランスの良い献立が出来上がった。

渾身のメニューに頷くアイビー。

どうやら機嫌が治ったらしく、鳴き声も鼻歌交じりだ。

料理ができたら二階に届けてもらうよう言付けて、チップを渡してから二階に戻る。

階段を上ると、部屋の前にハミルさんが立っていた。

「聖女ヴォラキア様の安息を妨げることは許されない。見張りは私とブルーノ……殿が外で行うべきだ」

有無を言わさぬ様子なので、とりあえず彼女の隣に立つ。

……もう少ししたら料理が来ちゃうんだけど、どうすればいいんだろうか。

「……」

「……」

当たり前だけど、僕のことを目の敵にしている様子のハミルさんと話が弾むわけもない。

僕とアイビーは目を見合わせてから、とりあえず無言に耐えることにした。

気まずい時間が流れる。

下の方からは、油の弾けるパチパチという音と、併設された食堂で話をしている宿泊客の声が聞こえてきている。

「ブルーノ……殿」

「無理しなくていいですよ。普通の呼び方で大丈夫です」

「そうか、ではブルーノと。ブルーノ、そしてアイビー……聖女様を、頼む……」

「ハミルさん……」

見れば彼女は拳を握りしめ、ブルブルと震えていた。

ハミルさんが何を考えているのか、僕にはわからない。

けどきっと、彼女もまた何かに悩んでいて。

そして悩んで悩んで悩み抜いた末に、僕にそんなことを言ったのだと思う。

だから僕とアイビーは……。

「はいっ、任せて下さい！」

「みいっ！」

胸を叩いて、ハミルさんに笑いかけるのだった――。

第四章
不穏な影

無事会談を終えたカーチャと一緒に、僕らはアクープの街へと戻る。

長かったようで短かった旅は終わり。

僕らの街にマリアさんとハミルさんという新たな仲間が加わり、僕らの日常はより一層賑やかになっていくのだった――。

アクープの街に帰ってきた。

なんだか長かったようで短かったような、不思議な感じだ。

「空気が澄んでいて、いい場所ですね……」

馬車から身を乗り出すマリアさんが、突風に揺れる髪を押さえながら目を細めた。

身に付けているのは青と白の修道着じゃなくて、少し仕立ての良い絹の服。

貴族家や羽振りの良い商家で大切にされている一人娘、って感じの身なりだ。

「聖女s……マリア様の言う通りでございます」

マリアさんの隣から同じくひょこっと顔を出しているのは、以前までの黒っぽい戦闘着からメイド服に着替えているハミルさんだ。

この街に来てからもその呼び方はマズいだろうということで道中で矯正しようと頑張ったんだけど……どうやら呼び方一つ直すのにもう少し時間がかかるみたい。

二人ともセリエから着の身着のままでこっちにやってくることになったんだけど、流石にそのままの格好だと目立ちすぎる。

というわけで道中、カーチャとシャノンさん、そしてアイビーがいくつか服を見繕い、それっぽい見た目にコーデをしたのだ。

三人の指導（?）のおかげで、今の二人はどう見ても育ちの良い貴族令嬢とそのお付きのメイドさんという感じにしか見えない。

「ハミル、しっかりしなさい。これからは二人で頑張っていかなくちゃいけないいんですから」

「うぐ……わかってはいるのですが……」

ハミルさんが気まずそうな顔をして、馬車の中に引っ込んだ。

俯いていて明らかに気落ちしている様子だ。

どうやら彼女からすると、マリアさんを聖女様以外で呼ぶことに未だに抵抗が強いらしい。

まあそこらへんは二人の問題だとは思うので、時間をかけて解決してもらえたらと思う。

ごった返す雑踏に興味津々なマリアさんは、変わらず身を乗り出している。

人の口からこんなに沢山の感嘆詞が出るんだってくらい、バリエーション豊かに驚いて手を叩いたりしている。

よく見ると身体がリズミカルに揺れているので、テンションはかなり高いみたいだ。

「みいっ！」

マリアさんの後ろ姿越しにアクープの姿を見ていると、アイビーにガジガジと指を噛まれる。

どうやら僕がマリアさんに見とれていると勘違いしたみたいだ。

嫉妬しなくても、僕はアイビーしか見てないよ。

「どこ見てるのさブルーノ」

「貴様、マリア様のお尻を――――ッ！」

なんだか勘違いした様子のシャノンさんとハミルさんも一緒に怒り出す。

カーチャもアイビーも、いつの間にか馬車の中に戻っているマリアさんも一緒になって騒ぎ出す。

ああでもないこうでもないと、ものすごく姦しい。

ラピスラズリの皆と一緒にいた時もそうだったけど、男一人ぼっちの空間だと、僕はいっつも悪者扱いだ。

なんという理不尽だろうか。

けれど僕は既に学んでいる。

こういう場においては、数こそが正義なのだ。

学習している僕は何も言わず、黙って相槌を打つことで嵐が過ぎるのを待つことにした。

……情けないなんて、言わないでほしいな！

今回マリアさんを連れてくることに関しては、事前にカーチャの手紙を通して辺境伯に説明をしている。

でも一度顔を合わせる必要はあるだろうということで、カーチャと一緒に辺境伯邸に向かうことにした。

「わーっ、サンシタだサンシタだ！」

「アイビーだアイビーだ！」

「おかえりーっ！」

サンシタがいる時点で僕らが乗ってることはバレバレなので、アイビーと一緒にサンシタの上に乗って皆に手を振る。

貴族街を抜けるまでは、色んな人達に対応をして過ごす。

ふぅと一息ついてから馬車に戻ると、マリアさんがにこにこと笑っていた。

「ブルーノさん達は街の人気者なんですね」

「みぃっ！」

ドヤ顔で胸を張るアイビーの頭を、マリアさんがおっかなびっくり撫でる。

アイビーの方も気を許したようで、脱力してされるがままにしていた。

貴族街に入ると、人通りが少ないのでサンシタを見ても騒がれずにスムーズに移動ができるようになる。

辺境伯の屋敷につくまでは、あっという間だった。

そして話をするために向かったカーチャを出迎えたエンドルド辺境伯に、

「お前らはほんっっっっっっっとうに！　問題しか起こさないな！」

と開口一番ものすごい勢いで怒られてしまうのだった――。

辺境伯の怒濤のお説教が続いた。

色々と問題ばかり起こしてすみません……と平謝りすることしかできない。

「大体だなぁ……」

レイさんが揉め事を起こした時も、アイビーがアイシクルを連れて来た時も僕には謝ることしかできなかった。

またなんやかんやで辺境伯に迷惑をかけてしまうんだろうな。

そんな風に僕はどこか慣れたように、頭を下げる。

謝っている最中ふと視界の端に、マリアさんが映る。

彼女が申し訳なさそうな顔をしているのを見た僕は、なぜだか胸が締め付けられた。

ドクンと脈打つ心臓の理由はすぐにわかった。

――僕はマリアさんがそんな顔をしなくて済むように、彼女を連れてきたんじゃないのか。

(何をやってるんだ、僕は。これじゃあ肩身が狭いままじゃないか)

彼女がのびのびと暮らせるよう、平穏に暮らせるよう、僕はこのアクープの街に連れてきたんじゃないのか。

ここに来るまでのことは大体不可抗力だった。

とはいえ、断ろうと思えば断ることだってできたはずだ。

それでも僕は彼女を受け入れた。これは他の誰でもない、僕の意志だ。

だからこそ行動の責任は、僕が負う必要がある。

「辺境伯」

「なんだ?」

「安心して下さい、問題は起こしません」

「起こさない、っつってもだな……」

何か言いたげな辺境伯に、僕はたたみかける。

「もし何か起こっても、僕らがなんとかしますから。それどころか連れてきて助かったって、言わせてみせますよ」

「みいっ!」

僕の意見に賛成するように、アイビーが元気に声を張りあげる。

すると僕らの気持ちが溢れ出したみたいに、周りに強い風が吹いた。

魔法を使ったわけじゃないんだけど……どういうことなんだろ?

前髪を巻き上げられた辺境伯は、目を大きく見開いている。

隣にいるカーチャだけは、なぜかにこにこと笑っていた。

「……そうか、それだけ自信があるっていうんなら、俺はもう何も言わん」

「みっ!」

辺境伯の言葉に、アイビーがそれでいいのよ、という感じで頷く。

僕は一部始終を不安げに見ていたマリアさんの方を向いて、笑いかける。

大丈夫です、安心してください。

(それに、辺境伯に無鉄砲に啖呵を切ったわけじゃない。マリアさんをこちら側に連れてくることには、大きな意味がある)

民衆からの人気が非常に高い元聖女様。

そんな存在を手元に置いておけるというのは、為政者側からしても非常に価値があることだ。

どうやら教皇からの覚えもめでたいらしいマリアさんが住んでいる限り、アクープはそう簡単に手出しをされることはないだろうし。

何かあれば民衆の反発を受けることを考えれば、こちら側と仲良くせざるを得ないだろう。

残された手段は『漆黒教典』の奴らによる秘密裏な暗殺だろうけれど、僕らがいる限りそんなよくわからない奴らに手出しはさせない。

きっとこの世界で最も安全な場所は、アイビーの住んでいる我が家だろうからね。

教皇はもしかするとそういう意味も含めた上で、僕らに彼女のことを託したのかもしれない。

だとしたら僕らは完全に彼の手のひらの上で踊らされていることになる。

……まあ、それならそれで構わない。

僕らがマリアさんを預かるだけで両国の友好の架け橋になるのなら、それくらいは構わないというものだ。

だって……レイさんやアイシクルが逗留していて、もう既にかなりヤバいことになってるからね。

今更ここに元聖女が加わったところで、あんまり変わらないだろう。

まあ、絶対にもっと騒がしくなるとは思うけど。

少し騒がしいくらいの方が、きっと毎日楽しいだろう。

僕が笑いかけると、マリアさんはニコッとこちらに笑みを返してくれる。後ろに控えているハミルさんは、なぜか口をへの字にしてこちらを見つめていた。

なんにせよ、辺境伯からのお許しが出た。

色々としなければならない話やら手続きがあるらしく、マリアさんとハミルさんはしばらくしてから合流するみたいだ。

「諸処の雑事が終わったら、ブルーノさんの屋敷に行きますね」

別れ際の言葉に、僕は胸を張って頷いた。

――ようこそ、アクープの街へ！

ちょっと賑やかですけど、きっと気に入ると思いますよ。

ですから改めて……よろしくお願いします、マリアさん。

まず最初は挨拶回りから。

一番大切な辺境伯との顔合わせは済ませているので、後は比較的サクサク行かなくちゃね。

「私がレイだ」

「レイ様、お噂はかねがね伺っておりました。改めて、よろしくお願いします」

「……ふんっ、よろしくな」

「貴様……マリア様に、なんという態度を――っ！」

恭しくレイさんに礼をするマリアさんと、何故だか鼻息を荒くしているレイさん、そしてそれに憤るハミルさん。

妙な構図ができたが、こちらは問題なく終わった。

けれど……。

「おい、ブルーノ！　あれはどういうことだ⁉　なぜ……なぜ領内に魔物がッ⁉」

「おーっほっほっほ！　大量ですわぁ！」

高飛車インセクトクイーンことアイシクルとの挨拶はそうはいかなかった。

今の彼女には害意がないということを説明しても、頭の固いハミルさんにはなかなか納得してもらえず、理解してもらうのに時間がかかった。

なぜ魔物が……とブツブツ言っているハミルさんとは違い、マリアさんはわりとこの場に順応していた。

「よろしくお願いします。アイシクルさんは悪い魔物ではない、ということですよね」

「その通り、私はただの小悪党では終わらない、天下無双の大悪党になるのですわぁ！　おーっほっほっほっ！」

アイシクル、それだと結果的に悪い魔物ってことじゃないかな……？

「なんと、それは将来が楽しみでございますね」

「私は将来性の塊。未来の魔王になるのですわぁ～～」

「アイシクル！　そう言えば今日はいつもと格好が違うね！」

隠しとけばいい情報をポロポロこぼし、このままではいらんことまで全部話してしまいそうなアイシクルに言葉を差し込む。

けど気になっていたのも本当だ。

今の彼女はいつものドレス姿ではなく、無骨な重鎧のようなものを着込んでいる。

顔も大きな兜のようなもので密閉されているから、正面が透明じゃなければ彼女と気付かなかったかもしれない。

「今、辺境伯とゼニファーさんのお仕事を手伝っておりますの」

「――もしかして、ゼニファーさんもここに来たの!?」

「はい、またそう遠くないうちに来るとおっしゃられてましたわ」

結局昏き森での一件の時にちらっと顔を合わせたあの時以降、ゼニファーさんと話はできていない。

色々と話したいこともあるし、改めてお礼が言いたいんだけど……なかなか捕まらないんだよね。各地を飛び回っていて忙しいみたいでさ。

まだまだフィールドワークの方も現役みたいだからね。

でもそうか、考えてみれば当然のこと。

世界で十体しかいない魔王十指のアイシクルがここにいれば、そりゃあ気になってきちゃうか。

もしかしたらゼニファーさんを探すには、レアな魔物を置いておいて来てもらう方が確実なのかもしれない。

罠にひっかかり捕まるゼニファーさんの姿を想像しながら、アイシクルの話を聞く。

どうやら彼女は、既に家畜化に成功している魔蜂の品種改良に挑戦しているらしい。

既にある程度は成功しているらしく、今までよりも寒さに強い魔蜂を作ることに成功したんだって。

「もう少し頑張れば、このアクープでも養蜂業ができるようになると思いますわ」

「――みいっ！」

アイシクルのところへ行く時に通ったバッテン子爵領、あそこで過ごしたハチミツまみれの日々を思い出したのか、アイビーが嬉しそうに鳴く。

『早くアクープでもハチミツを！』と、アイシクルにせっついているようだ。

こらこら、はしたないよ。

「でもどうしてそんな風に着込む必要があるの？」

「ああ、品種改良の時に使うフェロモンが臭いからですわ」

アイシクルのフェロモンって、臭いんだ……。

でもなんやかんや、アイシクルもこの街に溶け込んでいるらしい。

なんでも今ではアクープの街の中に居ても怖がられたりはしないらしい。

アイビーとサンシタのおかげで、街の人達に耐性があるからね。

今更魔物の一体や二体、どうってことはないのかもしれない。

「みぃ～～」

アイシクルが試作しているハチミツを食べてご満悦な様子のアイビーを見ていると、後ろから声をかけられる。

「ブルーノ……あとで、話があるんだが」

声の主は、いつにないくらい真剣な様子のレイさんだ。

彼女が何か大切なことを、僕に伝えようとしてくれている。

それがわかったから、僕もしっかり彼女の目を見て、頷くのだった。

レイさんが僕の部屋にやってきた。

寝間着なのか、着ているのはいつもの鎧ではなくて水玉模様のパジャマだ。

「パジャマは結構ファンシーなんですね」

「……安かったんだ、それに身が引き締まるし」

言葉の意味がよくわからなかったので、観察していると、よく見ると模様は水玉ではなく、デフォルメされたアイビーの顔だった。

……どうやらとうとうアイビーは、服飾のジャンルにまで登場し始めているらしい。

「みっ！」

ちなみにこの場所にはアイビーもいる。

もちろん、事前にレイさんからの許可はもらっている。

説明しておくと、僕とアイビーはベッドは別々だ。

彼女は時に自分のベッドで寝たり、床で寝たり、僕のベッドに入ってきたりと、やりたい放題に毎日を過ごしている。

「レイさん、それで話っていうのは……」

「ああ、あの元聖女――マリアがやってきた現時点で、改めて話をする必要があると思ってな。私の……正体について」

「レイさんの、正体……」

正直、まったく気にならなかったとは言いがたい。

考えてみれば、最初から謎の多い人ではあったのだ。

妙に方向音痴で、おまけに常識に疎く、とんでもないことをしでかす。

そのくせ王国で名の通った『龍騎士』ローガンさんに師事し、行動を共にするくらいに信頼は得ている。

噛みつき攻撃をしたサンシタの方が歯茎から血を出すくらいに身体が丈夫で、サンシタに勝てるだけの力がありながら、エンドルド辺境伯ですらその存在を知らない。

冒険者のような格好をしているが、冒険者についての常識がない。

謎のヴェールに包まれていたレイさんの、その正体――。

ごくり、と思わず唾を飲み込んでしまう。

けれどそんな風に緊張している僕を見て、軽く笑ってから、レイさんはこともなげに言った。

「私は……勇者なんだ」

「……勇者?」

「みみみっ?」

僕とアイビーは向かい合い、同じ方向にこてんと首を傾げた。

思ってもいなかった言葉が出てきた。

勇者というのは、おとぎ話に出てくるくらい有名な人物だ。

それを人物というのは正しくないかもしれない。

勇者というのは複数いるからだ。

人間が災害や魔物の被害といった苦しみに悩まされている時、彼らは決まって現れる。

ある勇者は悪しき龍を倒し、またある勇者は悪政を敷く王を倒して新たな国を作り上げたという。

勇者の話は、王国に住む人なら誰しも一度は聞いたことがあると思う。

幾分か脚色はされているだろうけれど、彼らは民達を救う救世主で、子供達の憧れで。

僕らとは縁遠い、どこか遠い世界の話だとばかり思っていた。

けどそうか、レイさんが……あの勇者なのか。

突然言われても、あまりぴんとはこなかった。

けど不思議と、違和感もない。

「なるほど、勇者だったんですか」

「ああ、今まで隠していてすまないな」

「いえいえ、勇者となれば隠さなくちゃいけないこととかもあるでしょうし、全然気にしてないですよ」

レイさんは、自信満々で胸を張っているいつもとは様子が違った。

彼女はどこか不安げで、自信なさそうに、僕らの方を見つめている。

こちらを窺う瞳には、どこか不安の色があった。

「……にこっ」

「みぃっ！」

なので僕とアイビーは、彼女に笑いかけてあげることにした。

何も不安に思う必要なんてないのだと、そう教えてあげるように。

レイさんの心を、解きほぐせるように。

一瞬だけ強張った表情筋は、すぐに緩み。

レイさんはすぐに、いつもの調子に戻った。

「私が一世一代の打ち明け話をしたというのに……ブルーノもアイビー殿も、何も変わらないのだな」

「ええ、まあ。レイさんが勇者だから、何かが変わるわけでもないですし。……ね、アイビーもそうでしょ？」

「みぃっ！」

魔王軍の幹部のアイシクルと元聖女のマリアさんがいるんだ。

ここに勇者が足されたって、今更何も問題ないさ。

「そうか……そうか……」

レイさんはそれだけ言うと、立ち上がった。

そして僕らに背を向けて、しばらく立ち尽くしていた。

その背中は少しだけ、震えているように見える。

けど僕らはそれに、気付かないふりをした。

しばらくすると、レイさんがくるりとこちらに振り返る。

「よし、今日は飲み明かすぞっ！」

レイさんの目は、少しだけ赤くなっていたけれど。

僕らはそれにも、気付かないふりをしたのだった――。


王国やセリエ宗導国がある大陸は、その名をヘンディア大陸という。

ヘンディア大陸は東西に長く伸びていて、王国はその中では東部に位置している。

王国やセリエの東にあるのは、大星海という大海原だ。

けれど実は両国からそれほど遠くない位置に、一つの島がある。

ぐるりと海に囲まれているその孤島の周囲には、侵入者を排除するかのようにいくつもの岩礁が横たえられている。

よく観察すればそれらはただの岩ではなく、魔力の込められた属性石であることがわかる。

もしこんな場所を船で通ろうものなら、暴発した魔力が船底を打ち抜き、容易く沈むことになるだろう。

そもそもの話、岩礁にまで辿り着くのも容易なことではない。

島の外には強力な水棲の魔物達がおり、独自の生態を築き上げているからだ。

彼らは船だろうが魔物だろうが、やってきた者を無作為に食い散らかす。

そして中でも強力な魔物達は岩礁を己の生活圏としているため、岩礁は強力な魔物達の巣くう魔境となっている。

このようにこの島は、何重もの仕掛けであらゆる侵入者を拒む構造になっている。

船で入ることが不可能な現状、その島に突入することは現実的ではないと、王国もセリエも結論を出している。

両国とも既に何度も痛い目を見ており、バカにならない被害を受けているというのもあるだろう。

この島には、鬼岩山と呼ばれる大きな岩山がある。

表面が削れ、鬼のような形になっているその鬼岩山の頂上付近。

今にも落ちそうなほどにわずかしか接地していない、断崖絶壁に一つの城がある。

その城こそ、この島の名付けの由来でもあり、そして昨今起こっている魔物の被害の活発化の原因として、世界各国を悩ませている元凶だった。

城の名は――魔王城。

魔王とそのしもべ達が住んでいる豪奢な城は、今日も変わらぬ威容で佇んでいた。

この孤島の名は、魔王島。

ここでは今日も、魔王十指が秘密裏に会合を続けていた――。

「帝国の方はどうなのだ？」

「抜かりない、万事つつがなく進んでいるとも」

そこにいるのは、ローブを被った二匹の魔物だった。

彼らはテーブルごしに向かい合った状態で、椅子に腰掛けている。

二匹とも人の形を取っているが、隙間から覗く身体は異形そのものだった。

フードを目深に被っているため、彼らの正体までは窺えない。

「東部方面の予定は全てぱぁだ、キッシンジャーめ……」

「セリエの件は返す返すも残念だったな。なんでも勇者が出たとかいう話だったか？」

「ああ、らしいな。その正体までは摑めてないという話だが……」

二人が見下ろすテーブルには、いくつもの駒が並んでいる。

駒の下に置かれているのは、ヘンディア大陸の地図だ。

ゆらゆらと揺れる蠟燭の火に照らされて、駒の影が伸びていく。

その様子は世界中に魔の手が伸びていくようで、怖気を感じさせるものだった。

「勇者が出たとなれば我らにとっては一大事だ。その牙が魔王様に届くほど成長する前に事前に芽を摘んでおかねばならない。その役目を担うのは――我ら魔王十指の左手をおいて他にない」

「ああ、右手指の奴らは好き放題動くばかり。魔王様の爪を授かっているというのに……まったく嘆かわしい話だ」

「キッシンジャーが死に、アイシクルは消息不明……我ら左手ももうボロボロだ……故に、これ以上のミスは許されない」

「なんとしても我らの手で……」

「ああ、魔王様が動き出すより前に、あらゆる憂いを絶つ。勇者を殺し、人間の国を滅ぼし、魔王様に世界を差し上げるのだ」

「それこそが我らの使命。我らの生きる、意味……」

「——全ては、魔王様のために」

こうして魔王十指は動き出す。

今まで外の世界で調略や計略に精を出してきた彼らは知らない。

キッシンジャーのせいで勇者だと勘違いされたブルーノ。

彼の家族であるとある亀が、地上最強であるということを——。


「大変です、アキレス様！」

「なんだ不躾に、折角優雅なティータイムを楽しんでいたというのに……」

そこは王国の東部に位置している、シナモンという港町。

風光明媚な観光地として知られるこの街を治めているのは、アキレス・フォン・ゼッタという男だった。

金色の髪は獅子のように伸びていて、顎髭がもみ上げと繋がっている。

体格はかなりゴツいが、見た目に反してその所作の一つ一つは美しい。

彼は優雅なものを好み、食後の優雅な一服を何よりも好む。

自分の大切な時間を邪魔され、明らかに不機嫌になっているアキレス。

けれど目の前に居る兵士のただならぬ様子に、すぐに考えを改める。

目を血走らせた兵士は、アキレスへこう告げる。

「大量の海の魔物達が、こちらへ近付いてきています！」

「――なんだとっ!?」

報告では海の王者とも呼ばれるキングサーペントのような魔物から、海に暮らす魚人であるマーマンといった人型の魔物まで、多種多様な魔物達がこの街目掛けて進軍をしているということだった。

それだけ多種多様な魔物達が統率されて動くことは、通常ではあり得ない。

たとえばホブゴブリンがゴブリンを従えるように、同じ系統のより上位の魔物が下の魔物を従えることはあっても、まったく別種の魔物がやってくることは通常はありえないのだ。

それを為すことができるのは何か魔道具を使った場合か、もしくは……魔物を統率することができる能力を持つ、強力な魔物のみ。

魔王軍の名が、アキレスの脳裏に過る。

「黒の軍勢だと――魔王軍の侵攻は、もう来ないはずではなかったのか!?」

先ほどまでの優雅な仮面を脱ぎ捨てたアキレスが叫ぶ。

黒の軍勢――魔王によって率いられる、魔物達の混成軍。

今の王国民は、魔王島の存在を知ってはいたが、その脅威をほとんど感じてはおらず、なんら対策を打ってもいなかった。

だがそれはある種当然のことでもある。

何せ魔王島から魔物が最後にやってきたのは、今より百年以上も昔のこと。

長い間まったく動きを見せていない様子に、人々はその恐怖を完全に忘れ、平穏な日々を過ごしていたのだ。

神託を知るのは、王国の中でも限られた上層部の人間のみ。

故にアキレスのような下級貴族からすると、突然の襲来は正しく寝耳に水のできごとだった。

「ええいっ、こうなっては優雅になどとは言っていられない！　ありったけの冒険者達をかき集めろ！　その間に急ぎ、各地に援軍の要請を！」

こうしてシナモンの街は慌ただしく動き出す。

そしてほとんど時を同じくして、王国の他の地域でも同時多発的に魔物の襲撃が起こっていることが発覚。

更にこの騒動は国内だけに留まらなかった。

魔物の襲撃は隣国であるセリエ宗導国にまで及んでいた。

各地を襲撃する魔物達を迎え撃つため、王国とセリエは手を組むことが決まる。

そして魔物の迎撃にあたるため、騎士から冒険者まで、戦える者達は狩り出されることになる。

そして各地へ出されることになる救援要請は、アクープの街でゆっくりとしているブルーノ達の下にまで届くのであった――。

「……と、言うわけだ。王国は現在、非常に危機的な状況にある」

「なるほど……」

僕達は久しぶりに、冒険者ギルドへやって来ていた。

ギルマスであるアンドレさんからの直接の呼び出し。

恐らく良くないことが伝えられるんだろうなぁと思ったら、案の定やってきたのは凶報だった。

――海を越えての、魔物達の侵攻。

魔王十指率いる黒の軍勢が、王国の港町を襲っているのだという。

アンドレさんは早馬で知らされた情報を辺境伯に伝えてから、次に僕らに持ってきたらしい。

「ブルーノ、アイビー、お前達に緊急クエストだ。今すぐ現地に向かい、魔物の侵攻を止めてもらいたい」

「わかりました」

「みいっ！」

「……え、いいのか？」

アンドレさんは、ぽかんとした様子でこちらを見つめている。

かなり意外だったようで、明らかに狼狽している様子だ。

「もちろんです。困っている人を助けるのは……当然のことですから」

王国にやってくるであろう、魔王の脅威。

それがそう遠くないうちにやってくるということは、既にアイシクルやレイさんから聞いていた。

王国が危険に晒される。

それはきっと、僕らが今まで関係を築いてきた人達や、その家族や友達といった大切な人達が傷つくということで。

僕らの行動理由は、いつだってシンプルだ。

――大切な人が傷つくのは、とても悲しい。

それが僕らが、戦う決意をした理由だ。

もしかしたら、人は僕らの行動理由を笑うかもしれない。

厳しい戦場に臨む理由は、同じく厳しいものじゃなくちゃいけないと。

けれどそんなことは、百も承知。

アクープにやって来てのんびりと平和に過ごすことができている僕らは、以前と比べれば少しだけ余裕ができた。

その余裕を使えば、誰かの平和を守れるというのなら。

それはきっと、戦場へ向かう理由になるはずだ。

「サンシタも連れていきます」

「従魔だからな、それはもちろん構わんさ」

「ついでにアイシクルも連れていきます。既に辺境伯から許可は取ってますので」

「……それならこれ以上、俺が言えることはないとも」

僕らの家に、魔物であるアイシクルがいることは既に周知の事実だ。

ちなみに魔王十指であることは流石に伏せられているため、珍しい人型の高い知能を持つ魔物ということになっている。

だがアイビーやサンシタで驚き疲れたアクープの人達は、まあそういうこともあるだろうという感じで受け入れてくれている。

おかげでアイシクルは本人がびっくりするほど、アクープの街に馴染んでいた。

ちなみに勇者であるレイさんは、冒険者ではないので許可を取る必要はない。

彼女は自分の意志や王命に従い、戦場を駆けることになるはずだ。

「とりあえず、緊急クエストの報酬は弾ませてもらう。だから、その……頼んだぞ」

「任せて下さい」

「みぃっ！」

こうして僕らは緊急クエストを受けることになった。

詳しい話や現時点で判明している情報を聞き、ある程度情報のすりあわせや、どのあたりに向かって欲しいかといった情報を聞く。

王国を救う……か。

今までは魔物を倒すか近隣の問題を解決するだけだったので、なんだか急に話の規模が大きくなってきた気がする。

でも魔物達を、これ以上いい気にさせちゃいけない。

皆で力を合わせて、早く平和を取り戻さなくっちゃね。

ギルドを後にして、そのままエンドルド辺境伯の下へと向かう。

サンシタに乗る僕とアイビーの後ろには、淡く七色に輝く不思議な鎧を身に纏ったレイさんと空を飛んでいるアイシクルの姿がある。

アイシクルの同行には既に許可をもらってはいるけれど、一応念のためにね。

街のことを考える辺境伯に、出掛ける時に挨拶をするのは礼儀だと思うし。

それに、また僕達のことで迷惑をかけてしまうかもしれないし。

改めて声をかけておいた方がいいよねということになったのだ。

「当然ながら、私も行くぞ」

「はい、よろしくお願いします」

レイさんと一緒に頷き合う。

一緒に訓練も、旅も、色んな話もしてきた。

その強さを知っているからこそ、心強いと思える。

魔物は各地で暴れているという。

いくらアイビーと僕が頑張ったところで、一人に一匹で全てのカバーができるわけじゃない。

戦力はいくらあっても構わないので、レイさんに参戦してもらえるのは嬉しい。

「一応確認するんですけど、レイさんが表舞台に出ても大丈夫なんでしょうか？」

だってレイさん、勇者じゃないですか。

教えてくれたところによると、勇者のことって王国でも一部の人しか知らない機密事項なんですよね。

あんまり表に出しちゃいけない情報な気がするんですが。

「ああ、大丈夫だ。一応出撃自体は問題ないと、事前に許可ももらっているしな。それに……」

ジッと僕の方を見つめるレイさん。

そのまま肩の上にいるアイビーへ視線が移る。

アイビーが「みいっ！」と鳴きながら、ぶるっと身体を震わせる。

顎下を触ってアイビーとじゃれていると、レイさんは最近よく見せるようになってくれた、自然体な笑みを浮かべて、

「きっと私の情報がバレても、何も問題などなくなるさ」

その言葉に、アイビーがドンッと胸を張る。

『目立つのは私に任せて！』って感じだろうか。

ビクビクしていた時もあったけれど、なんだか最近は吹っ切れたのか、彼女に度胸がついてきた気がする。

なんだか男らしく……って痛たたたたっ!?

噛まないで、冗談だってば！

アイビーは立派なレディーだよ！

レイさんが言っているように、アイビーが本気を出すとなると、今回一番目立つのは彼女になるのは間違いない。

戦闘態勢のアイビーは、良くも悪くも人目を引くからね……。

「でもアイシクルもいいの？」

レイさんの隣にいるのは、高飛車インセクトクイーンこと『昆虫女王』アイシクル。

なんと驚いたことに、今回は彼女の方から自発的に、僕らと共に戦いたいと言ってくれていた。

戦力が足りないから、強引に連れていくつもりだったので、正直意外だ。

というか、魔王軍幹部である魔王十指の彼女が、同じ魔王の手下達と戦ったりしても問題はないものなんだろうか。

共食いというか、同士討ちというか……そんな感じになるような気もする。

「私はアイビーとブルーノにテイムされただけですわ。サンシタと同じ、ただの一匹の魔物に過ぎません……」

《同類でやんす！》

なぜか嬉しそうに叫んでいるサンシタ。

そういえばサンシタは最初からレイさんに敵対的で、アイシクルとは仲が良かった。

彼に敵愾心があったりしたのは、もしかしたらレイさんが勇者だったからなのかもしれない。

「人間は私達魔物を殺して、身体からあらゆる素材を剝ぎ取る蛮族だとばかり思ってましたが……接していくうちに、どうやらそこまで見下すほど下賤な者達ばかりでもないと知りました」

……魔物視点だと、僕達はそんな風に見えてるのか。

たしかにちょっと、というかかなり野蛮だ。

最近はアイシクルも随分丸くなった。

頭にサンバイザーをつけて養蜂作業に精を出す姿は、高飛車な女王様というより農家に嫁いできた良家の令嬢といった感じだ。

男性からの人気もなかなかに高いらしく、農家の男達の中には本気で彼女を狙っている人もいるとかいないとか。

「はい、それなら皆で――この国を、守りましょう」

「「おおっ！」」

《守るでやんす！》

レイさんもアイシクルも、出会った時と比べると大分変わったように思える。

でもきっとそれは僕やアイビー、サンシタも同じで。

この世に変わらないものなんてない。

きっとどんな生き物だって、変化せずにはいられないのだ。

自分達のことはあまりわからないけど、僕やアイビーだって変わっているはずだ。

でも、変わるのは悪いことじゃない。

変化を良いものにするか、悪いものにするか。

それはきっと、自分達の行い次第なんだと、僕は思う。

そのまま貴族街にやってきた僕らは、エンドルド辺境伯の屋敷へと向かい挨拶をする。

そこで意外な声が上がった。

「妾も連れていってほしいのじゃ！」

「面白いことには、私も混ぜてほしいかな？」

なんとカーチャと遊びに来ていたシャノンさんの二人までが、同行を申し出てきたのである――。

「ダ、ダメに決まっている！　俺が許さんぞ！」

声を荒らげるエンドルド辺境伯の姿を見るのは、生まれて初めてだった。

辺境伯も、慌てたりすることがあるんだな。

いつもどっしり構えているから、なんだか意外だ。

「妾は父上の兵と一緒に、領主の名代としてセリエ宗導国へと向かおうと思います。セリエに援軍は出す予定だったのでしょう？」

「それは、そうだが……」

辺境伯の領地に、東側にある大星海に面している場所はない。

どうやら自軍の戦力を救援に向けるつもりらしかった。

彼らの代表として、妾も彼らと共に行きたいのです。

カーチャは瞳に強い光を宿している。

その意志の強さは、父親譲りなのかもしれない。

「折角親交を持つことができたというのに、ここでセリエが更にぐちゃぐちゃになって一からやり直しというのはあまりにももったいない。それならしっかりと面識があり、かつ立場もある妾が向かうのが、一番いいとは思いませんか」

「うむ……たしかに」

既に思考を切り替えたのか、辺境伯はカーチャにあっさりと許可を出した。

今回は前線に行くつもりの僕がついていくわけにもいかないので、シャノンさんがカーチャの護衛役を引き受けてくれることになった。

「お願いするのじゃ」

「お姉さんに任せなさいっ！」

「私達も出陣してよろしいでしょうか？」

カーチャとシャノンさんと話をしているうちに、どこからか話を聞きつけたらしいマリアさんとハミルさんもやってくる。

二人とも既に戦闘準備は万全なようで、戦闘用らしき衣装を身に纏っている。

マリアさんが着ているのは、なんだか高そうな青と白のローブ。

一般的な僧侶やプリーストが着ているものと比べても、明らかに格調高い。

目を凝らしてみればうっすらと光っているのがわかった。

恐らく内側に込められた大量の魔力が漏れ出しているんだろう。

ハミルさんも以前見た黒装束ではなく、黒い鎧を身に纏っている。

剣は鞘に収まっているが、柄には髑髏のような模様が浮き出ている。

鞘には血管のような赤い線が走っていて、まるで生きているかのようだった。

全体的にどこか禍々しい雰囲気を感じさせる装備だ。

これが彼女の本気の時の装備、ということになるのだろうか。

ハミルさんとは少しぶつかった程度だけど、彼女が強力な護衛だということはそれだけでわかっている。

そしてマリアさんは、民衆を導いていたという元聖女。

回復や結界はお手の物だろう。

二人が戦ってくれるというのなら、非常にありがたい戦力になる。

もしかしたら元聖女が再び世に出るということに問題があるかもしれないけど……と、チラリと辺境伯を見る。

すると彼は疲れたように、大きな大きなため息をこぼして、

「まあこっちで活動する分には問題ないだろう。色々問題は起こるだろうが……それを解決する手立てはあるしな」

「そうなのですか？　でしたらぜひ、そうしてくれるとありがたいのですが……」

「簡単だ――二人をブルーノのパーティーメンバーにしちまえばいい。アイビーやサンシタ、それにアイシクル。既にヤベぇのがたくさんいるんだから、その中に混ぜちまえばいいのさ。世にも珍しい樹だって、それ以上に珍しい林の中じゃ霞むからな」

「どうせならこの機に、私も冒険者登録をさせてもらっていいだろうか？　ブルーノのパーティーに入れてもらえると助かるのだが……」

「あ、それなら私も入れてよ。臨時メンバーって形でいいからさ」

こうしてなぜかソロだったはずの僕は、レイさん、ハミルさん、マリアさんというメンバーを入れた冒険者パーティーを組むことになってしまうのだった。

「それなら妾も入れてほしいのじゃ！」

いやカーチャ、それは無理だって……。

カーチャをなんとかなだめてから、辺境伯がこちらを向く。

「だがそうなると、どう戦力を配分するかが悩みどころだな……アイビーのいるところに他の戦力を置いておくのはもったいない。ブルーノにアイビー、何か意見はあるか？」

「あ、それなんですけど……」

「みいっ！　みいみいっ！」

「……なんて言ってるかわからん。ブルーノ、翻訳してくれ」

「みぃ……」

「はい――転移の魔法を使って、皆を各地の戦場へ飛ばすことができたらと」

言いたいことが伝わらなくて少し悲しそうにしたアイビーの言葉を、僕が翻訳していく。

アイビーは今回作戦を言い渡された時に、とある魔法を使うことを提案してくれた。

それが、転移の魔法だ。

これは名前そのまま、人や物をとある場所へと飛ばす魔法だ。

ただしこの魔法には二つの制限がある。

まず一つ目は、行ったことのある場所にしか転移することができないこと。

そして二つ目は移動する距離が伸び、転移する人の数が多くなればなるだけ、使う魔力量が増えることだ。

いくらなんでもできるアイビーとはいえ、彼女だって生き物である以上、魔力が無限にあるわけじゃない。

現地では間違いなく、大量にやって来ている魔物達と激戦を繰り広げることになる。

戦うための魔力だってしっかりと残しておかなくちゃいけない。

だから向こうに送る助っ人は、しっかりと人選をしなくちゃいけない。

それを考えると、マリアさんとハミルさんが来てくれたのは渡りに船かもしれない。

僕とアイビー、そしてアンドレさんで立てた作戦はこうだ。

「僕達がサンシタと一緒に、まずは現地に向かいます。そして転移の魔法を使って帰還。転移できるだけの人員を向こうに連れて行き、その後は各自がバラバラに散って行動する」

「なるほど……たしかに理に適っているようには思えるな」

「それで辺境伯にもご協力をと」

「俺にか？」

「はい、できれば僕らの身分を保証してもらうための一筆をいただきたいんです」

アイビーという巨大な戦力。

グリフォンのサンシタと、それに乗るグリフォンライダーの僕。

一等級冒険者であるシャノンさんに勇者のレイさん、魔王十指のアイシクルに元聖女のマリアさん。

なし崩し的に僕がリーダーになったこの臨時パーティーは、改めてみてもとんでもない。

一人一人が強力な力を持つ生き物というのは、言わば歩く天災のようなものだ。

以前ギルドで聞いたんだけど、名の知れた冒険者というのは、気軽にホームを移動することが難しかったり、領地を移動する度に面倒な手続きを踏まなければいけないことも多いのだという。

僕らだって移動する時には辺境伯に事前に話を通すよう言われているし、実際出掛けることができる場所も、辺境伯と関わりのあるところという条件が付いているしね。

そんな風に冒険者というのは、領地における貴重な戦力だ。

そして身元も定かではない者も多いが故に、警戒心を向けられやすい存在でもある。

僕らのような謎の強い冒険者達がいきなり現れれば、まず間違いなく警戒される。

権力者達も、そんなのに出てこられては気が気ではなくなってしまうだろう。

下手をすれば僕達に矛先が向けられる可能性だって考えられる。

けれど辺境伯が僕らの身分を保証してくれるとなれば、話は変わってくる。

辺境伯は王国中枢部……というか王様とはあまり仲良くないらしいけれど、その力や手腕に関しては認めざるを得ない上級貴族だ。

そんな人物に認められている人達となれば、無下に扱うこともできなくなるというわけだ。

辺境伯の威光を笠に着るみたいであれだけど……ことは非常時だ。

余計な手間がかからないよう、可能な限り手は打っておきたい。

「ああ、わかった」

辺境伯に手紙をしたためてもらったり、カーチャと共に行動する護衛の騎士達の選定をしてもらっている間に、僕らはひとまず現地へ向かうことにした。

帰ってきたら受け取って……僕らの力を合わせて、魔物の侵略から皆を守るんだ！

「気を付けるんじゃぞ～！」

《行くでやんす！》

カーチャ達に見送られながら、サンシタの背中に乗った僕らはどんどんと高度を上げていく。

皆の姿が米粒サイズになったところで上昇を止め、その推進力を横へと振り替える。

宙を蹴り、空を駆ける。

空の覇者の面目躍如である。

結界を張っているおかげで、息苦しくなったり、風に飛ばされたりすることもない。

グリフォン相手に喧嘩を売ってくるような魔物もいないため、非常に安全な空の旅だ。

「みぃっ！」

アイビーは元気そのもの。

僕はその頭を撫でながら、まだ見えぬ地平線の先にいるであろう、魔物の軍勢達を睨む。

僕らはただ毎日お昼寝をして、ゆっくりとした日常を過ごしたいだけなのに。

昏き森からの侵攻の時もそうだったけれど、どうして魔物っていうのはこうこちらの事情を考えないんだろう。

　こっちのことなんかまったく気にしないで、無秩序にドカドカと攻めてくるし。

「嫌になっちゃうよね」

「み！」

　その通り、という感じでぷりぷりとほっぺたを膨らませるアイビー。

　以前のほとんどがアイビー任せだった時と比べれば、僕も戦えるようになった。

　もう彼女にばかり負担をかけさせたりはしない。

　それに今は僕だけじゃない。皆がいてくれる。

　アイビーは一人じゃないのだ。

　アイビーはもう、前に村の皆から冷たい目で見られていた頃の彼女じゃない。

「みっ！」

《――ちょ、ちょっとアイビーの姉御！　これ以上の加速はっ……あばばばばばばばっ!?》

　アイビーが上機嫌でパンッと手を叩くと、魔法陣が浮かび上がる。

　そして重力魔法が発動し、グッと身体にかかる負荷が大きくなる。

　横向きの力が加速度的に増えていき、ただでさえ速かったサンシタのスピードが更に上がっていく。

《ひいいぃぃん!!》

自身で慣性を制御することができなくなったサンシタが、ものすごいスピードで空を駆けていく。

いや、これはもう駆けるとかいうレベルじゃない。

まるで弾丸のように、サンシタは超高速で横に吹っ飛んでいた。

アイビーが重力を操作しながら、サンシタを操縦しているのだ。

もちろん身体にそこまでの被害がかからないよう、結界を始めとする各種魔法は展開済みだ。

《うええええんっっ！　おかあさあああああんっ!!》

だがアイビーはスパルタ、彼女はサンシタに対しては魔法一つ使ってはいなかった。

とうとうサンシタの涙腺が崩壊し、涙を流し始める。

よく見るとよだれとかもすごい飛び散っていて、なんだか汚い。

結界がなければ、僕にもかかってたと思う。

飛んでいくスピードがすごすぎるため、涙もよだれも一瞬のうちに消えていく。

さっきまであんなに格好よく見えていたのに……空の覇者ェ……。

（そう言えばサンシタのお母さんって、グリフォンなのかな？　半鳥半獅子の生き物だから、お母さんが鳥でお父さんが獅子だったりしたら、ちょっと面白いな）

そんな風に明後日の方向に意味のない考え事をしているうちに、ぐんぐんと視界が流れていく。

そして数時間もしないうちに、目的地である港町が見えてきた――。

第五章

勇者と魔王と最強の亀

王国に五つある港町。その中でも最南の位置にあるシナモン。

青く宝石のような海と豊かな海産物から観光街としても有名であるその街は、現在存続の危機に立たされていた。

「グッギャアアオッ!!」

半人半魚の特徴を持つ魔物、マーマン。

マーマンにもいくつかの種類があるが、本来より少し濃い青の鱗を持つのは、マーマンの上位種であるアマーマンという魔物の特徴だ。

アマーマンの討伐の目安は四等級。

つまり初心者を脱し、ベテランの域に達しつつある四等級パーティーが力を合わせてようやく倒せるという、決して弱くはない魔物だ。

だが所詮は四等級。

一匹であれば、それほど脅威となる魔物ではない。

そう……一匹であれば。

「ギャアアオッ!!」

「ギイヤアッ!!」

「「「グッギャアアオッ!」」」

青、青、青。

視界いっぱいに広がる異常なまでの青。

海の青さとは違う、人工塗料のような青色が、海を塗りつぶしてしまうほどに密集している。

数えることすら馬鹿らしくなるほどの、アマーマンの群れ。

群れをよく見れば色の薄くなっている部分がある。

恐らくあそこにいるのがマーマンだろう。

全体を通してマーマンよりアマーマンの方が多い。

そんなことは普通はあり得ないことだった。

「おおおおおおっっ！」

革鎧を身に纏う冒険者の男が、水際で両刃の斧を振り上げる。

そして自分目掛けて放たれたアマーマンのかみつきを避け、すれ違い様に己の得物を叩きこむ。

アマーマンは断末魔の叫び声を上げながら倒れ込んだ。

本当なら再度の一撃で完全に息の根を止めてしまいたいが、そんなことをするだけの余裕もない。

既に左から三、右から四、そして背後からも一、合わせて八匹ものアマーマンがやってきている。

「うおらっ！」

だが男はそれだけ多勢に無勢でありながらも、守勢に回ることなく、一気呵成に攻め立て続ける。

男は一見すると乱雑に見えるほど、力強く斧を振り回す。

だがよく見ればそれは力任せではなく、技術の伴った斧術であった。

「はっはあっ！　弱ぇ弱ぇ！　こんなもんかよっ！」

持ち手を変え、手首を捻っては刃の向きを変える。

片手で持ったかと思えば両手で持ち直し、一撃一撃がアマーマンの命を奪っていく。

時には斧を投擲することすらあり、またある時はアマーマンの死骸を盾に使うこともあった。

一つの戦法に囚われず、使える手や使えそうなあらゆる手を試しながら、貪欲に勝利を掴みに行くそのやり方は、正に冒険者そのものだった。

男はその顔に愉悦の表情を浮かべながら、ただただ魔物を倒していく。

彼の周囲には、みるみる死骸の山が築き上げられていった。

「交替だ、ランパルド！」

「おうっ！」

縦横無尽に動き回り殺戮の限りを尽くし、快楽に酔っているようにしか見えない男——二等級冒険者のランパルドは、後ろから声がかかると同時に即座に全力で後退を開始した。

そして後続の人間と入れ替わりながら、目の前の戦場に目をくれる。

ソロで二等級まで辿り着いたその実力は、決して並大抵のものではない。

だがそんな彼ですら、攻めあぐねている。

他の状況を見ていても、それは明らかだ。

「数が多過ぎんだろ……」

「ディンッ！　――こんの、クソ魚人があっ！」

ランパルドの目の前で、また一人の冒険者がやられた。

アマーマンとまばらに散っているマーマン。

合わせてどれほどの数がいるのか、考えることすらアホらしい。

冒険者達は奮戦している。

だが既に戦いが始まってから三日以上経っている。

疲労は明らかに蓄積しており、その動きは以前と比べると確実に精彩を欠いていた。

「下がれええいっ！」

男の大声が、戦場全体に響き渡る。

冒険者達はホッと安堵の息を吐きながら、思い切り後ろに下がる。

「「ギャアアアアアッッ！」」

いきなり攻撃が止んだことを不審に思うアマーマン達に降り注いだのは、魔法の雨あられだった。

後方で魔法発動の用意を終えた、魔法使い達による遠距離攻撃。

その威力は絶大であり、アマーマン達の大軍の中に明らかに大きな隙間ができるほどだった。

魔法攻撃により小休止を取ることのできた前衛達は、呼吸を整えてから再び戦いにその身を投じる。

「――ちっ！」

ランパルドは己の身体のように動かせる斧を使い、アマーマン達を次々と屠っていく。

人斧一体、彼の周囲にうずたかく積み上がっていく魔物達の死体。

だがそれでも、戦局を覆すには足りない。

戦場はたった一人の優秀な戦士がいれば変えられるほど、甘っちょろいものではないからだ。

戦線が崩壊することはないが、あちらこちらから冒険者達の呻き声が聞こえてくる。

今日もいつも通りに、厳しい戦いが続きそうだった。

魔物達は夜目が利かないため、夕方の完全に日が落ちる前に水平線の向こうへと消えていく。一応、魔物の侵攻には時間制限があるのだ。

戦いを乗りきれば休息を取ることができる。頭でそれがわかっているから、ギリギリなんとかなっているという状況なのだ。

だが冒険者の数は日を追うごとに減っている。

その中には死ぬことを恐れ、いつまでも終わらない命がけの防衛戦から逃げ出した者もいる。

(バカな奴らだ。緊急依頼から逃げれば、冒険者としての未来が閉ざされることくらいわかってるだろうに)

依頼にはいくつかの種類がある。

その中で緊急依頼は、その名の通り非常に緊急性の高い場合に発行されるものである。

街や国自体に重大な問題が起こった時に、冒険者達を強制徴集するという内容だ。

冒険者などという武器を持ったならず者達が街で暮らすことが許可されている一番の理由は、有事の際に戦力としてカウントすることができるからである。

治安の悪化にも繋がりかねない彼らをそれでも受け入れているのは、それだけ魔物の被害に頭を悩まされているからである。

冒険者ギルドなどという武力組織の存在が認められているのは、いざという時に頼りになるからだ。

そのいざという時に戦えない冒険者に価値はない。

一度戦場から逃げ出した冒険者は、どのギルドであっても冒険者資格を剝奪され、二度とこの道で食べていくことはできなくなる。

(増援もやってきてはいるのだが、冒険者の数は日に日に減っている……さて、あと何日保つか)

ランパルド同様、冒険者達は粘り強く戦い続けていた。

やはりやる気が高いのは、彼と同様この街を活動拠点として暮らしてきた者達だ。

生きたアマーマンが同類の死体を踏み砕き、地面が血と鱗で青黒く変色していく。

戦闘をしている最中、時間が流れるのはあっという間だ。

好きなことをしていると、時計の針の進みは速くなり、嫌いなことをしていると遅々として進んでいないように見えるという。

(やはりこの俺に冒険者は天職らしい)

ランパルドがそんな風に思ったのは、気付けば真上にあった太陽がその高度を下げ、空があかね色に染まり始める様子を見上げた時だった。

戦いの終わりは近い、もうひと踏ん張りだ。

「我も出るぞ」

「グィンバルか……助かる」

ランパルドの隣へやってきたのは、グィンバルという名の魔法使いだ。

大気を震わせるほどの大声を出していた、魔法使い達を率いていた二等級冒険者。

彼が前線に出てくるということは、既に魔法使い達を指揮し、鼓舞する必要がなくなったということ。

恐らく魔法使い達が魔力切れになってしまったのだろう。

接近戦もそつなくこなせるグィンバルは、自分が指揮する必要がなくなれば駒として動く。

戦いもそろそろ終盤と感じたからか彼は、自分と同様最前線に身を置きにきたのだろう。

「魔力は？」

「問題ない、そちらは？」

「満タンだよ、まだ一度も武技は使ってない」

「それは重畳」

二人はアマーマンの群れと戦っているとは思えないほど気楽な様子で、軽口を交わしながら魔物の死体を量産していく。

彼らの周囲に、ぽっかりと空間ができたようだった。

アマーマン達が二人を格上だと認識し、避けるように動き出したのだ。

そんなことをされても面白くないと、二人はアマーマン達の背を追いかける。

戦場においてこの場所でだけ、狩る者と狩られる者が完全に逆転していた。

この調子でいけば、昨日よりずいぶんと沢山の魔物が狩れそうだ。

そうにやついてたランパルドは、アマーマン達の動きに違和感を感じた。

（なんだ……？）

その違和感の理由には、すぐに思い至った。

マーマン達の波が、不自然に左右に割れているのだ。

まるで剣の極致に至った者が、海を断ち割る時のように、アマーマンが綺麗に左右に割れていく。

ぺたり、ぺたり…水かきが地面に触れる時の、妙に湿ったような音が聞こえてくる。

魔物達が開けた空間を悠然と歩いてくるのは、一匹の魔物だった。

「なるほど、親玉がいたわけか」

「これほど大量のマーマン種が統率されていたのは、こいつの存在にあったわけだな」

二人の前に現れたのは、紫色の体色をしたマーマンだった。

その体躯は筋肉質で、全長はアマーマンよりも一回りほど大きい。

手や足の指の間についている水かきは小さくなっており、見た目はより人間に近い。

頭にはサンゴでできた冠を被っており、首には赤と緑の玉を織り交ぜた首飾りをかけている。

マーマンキング――マーマン種の王であり、彼らを統率する魚人の王だ。

キングの名を冠する魔物の強さは、通常種とは隔絶している。

六等級のゴブリンの王であるゴブリンキングの強さが三等級。

四等級のマーマンの王であるマーマンキングの強さは二等級。中でも強力な個体の実力は、一等級に届きかねないほどとされている。

「こりゃ、他の奴らじゃ相手はできないだろうな……」

「だが俺とお前の二人ならやれる……違うか？」

「――違わねぇさっ！」

ランパルドとグィンバル。

二人は普段はソロで活動している、二等級冒険者としては珍しい変わり者達だった。

彼らは果敢に、戦闘態勢を取り前に出た。

まるでその心意気に応えるかのように、マーマンキングがその手に鋼鉄の杖を持つ。

冒険者にソロの者は少ない。

集団行動に問題があるか、性格に致命的な難でも抱えていない限り、他の人と組まない理由がないからだ。

そしてこの二人は、その道を選ばなかった例外達だ。

戦闘能力から偏屈さに至るまで、二人は互いの存在を認め合っている。

時たま共に依頼をこなすこともあるため、連携を取ることも問題ない。

「グラアアアアアッッ!!」

マーマンキングが一喝をすると、周囲にいたアマーマン達が下がる。

自分の戦いを見せつけようとする魚人の王と相対すべく、ランパルドは斧の握りを確かめる。

「大抜断《グランド・ブレイク》!」

今まで温存してきた魔力を使うのは、今この瞬間のため。

一切の躊躇なく、ランパルドは武技を発動させた。

マーマンキングの冠が割れ、頬に縦の傷が走る――。

魔法使いは、魔法という形で己の中にある魔力を使うことができる。

では戦士は、魔力を使うことができないのか?

――答えは否だ。

戦士達はその身体に偏在する魔力を、己の身体や武器に乗せて戦う。

肉体と武器に魔力を乗せ発動させる技術の総称を、武技という。

武技の威力は技術それ自体の練度に己の肉体や武器のグレードによっても変わる。

そのため魔法使いと異なり、前衛職の武技は人によって練度がまるで違う。

ランパルドの放った武技である大抜断は、抜断《ブレイク》をより強力にした一撃である。

抜断を何十何百と使い、極めた先にようやく放てるようになる必殺の一撃。

その威力は、傷を負ったマーマンキングを見れば明らかだ。

二等級魔物――つまり本来なら、二等級のパーティーで戦わなければ挑めないようなマーマンキングに、有効打を与えることができた。

大抜断こそランパルドが放つことのできる最高の一撃であり、彼のソロでの活動を支えてきた武技だった。

だが……。

「チッ、流石に一発ってわけにゃあいかねぇか！」

一撃は浅かったとはいえ、確かに入った。

その衝撃は体内に通り、皮膚は裂け血が流れた……しかし、それだけ。

その攻撃は致命傷には程遠く、マーマンキングの動きに陰りはまったく見られない。

「グラアアアッッ!!」

マーマンキングは手に持った杖を、棍棒のように振り回した。

風を切り、空間を絶つような勢いの一撃。

当たればただでは済まないだろう。

だが武技を放った後の技後硬直が、ランパルドを襲う。

回避の動作に入るまでにかかった時間が多すぎる。

このままでは避けられない……。

「ライトニング！」

だがマーマンキングの一撃がランパルドへ当たることはなかった。

一人と一匹の意識の間隙を縫うように、雷撃が飛来したからだ。

その狙いはマーマンキングの持ち手である右手。

雷撃が命中し、攻撃の勢いが落ちる。

後ろからのグィンバルの援護のおかげで、ランパルドの方に余裕ができた。

故に彼は回避の軌道を変更。

前回り受身を行いながら、積極的にマーマンキングへと近付いていった。

「おおおおおおっっ！」

大抜断は威力は高いが、その分だけ隙も大きい。

故にここならば当てられるというタイミングで使うべき大技だ。

故にランパルドは己の魔力量を確認しながら、斧を振った。

マーマンキングは迎撃すべく杖を構える。

けれどその動きは、先ほどまでのものと比べれば明らかに鈍くなっている。

電撃を食らったことで、身体が麻痺しているのだろう。見ればその身体はピクピクと、細かく痙攣していた。

重量武器である斧と杖が、激突する。

恐ろしいことに、両者の攻撃の威力はほとんど同じだった。

お互いが相手の一撃を己の一撃ではじき返し、両者の上体がのけぞる。

まともにやり合うのは不利だと判断。

ランパルドは即座に意識を切り替え、更に細かい一撃に切り替えていく。

彼の予想通り、速度であれば自分の方に分があった。

ランパルドは小技を使い、細かな移動を多用しながら、速度で相手を翻弄していく。

そして時折、力を込めた一撃を挟む。

「抜断《ブレイク》ッ！」

全体重と勢いを乗せた武技でなければ、隙はそこまで大きくない。

その分相手に与えられるダメージも少ないが、魔物との戦いでは忍耐が重要だ。

たとえ一のダメージを与えることしかできなくとも、十度重ねれば十になる。

積み重ねていけば、後になってから効いてくるものだ。

「ライトニングブラストッ！」

ランパルドが手数を重視し相手を翻弄することができるようになったことで、グィンバルの方は
大技を放つことができるようになった。

グィンバルの手の内を大方知っているランパルドは、魔法攻撃の余波を食らわないよう立ち回ることもできる。

大きな一撃を食らった衝撃が抜けていない好機を活かすため、再度大破断を放つ。

「ギエエエッ!?」

今度の一撃はしっかりと入った。

相手の胸元が深く抉れ、血が噴き出す。

だが魔物の強靱な生命力の前では、これでも致命傷には至らない。

しかしながら、怪我を負ったことでマーマンキングの動きは更に鈍くなった。

ここまで来れば……と、二人は内心で勝利を確信する。

グィンバルが魔力の回復に努めていれば、ランパルドの方が小技を放ち牽制。

グィンバルが大技を放てば、その攻撃を利用する形でランパルドも大技を決めに行く。

互いが互いを補い合いながらの攻撃が続く。

マーマンキングの身体には火傷や切り傷ができていき、傷の上に傷が重なっていく。

対しマーマンキングの攻撃は、二人には当たらない。

グィンバルは時折自身も前衛として杖を振るいながら、巧みに立ち回っていた。

けれど前衛職と比べれば白兵戦の練度が高くないグィンバルが怪我を負うことがないのは、ランパルドがフォローを重ねてくれているおかげだ。

ダメージは蓄積されていき……そしてとうとう、これ以上ない隙が生まれる。

「グラアアアアッッ!!」

全身を血まみれにしたマーマンキングが、動きの悪くなった杖術を捨て、マーマンお得意の噛みつき攻撃を放ってくる。

接近してくる魚人の王、二人は一瞬のうちに視線を交わし、どちらからともなく頷き合った。

「大抜断ッ！」

「ライトニングエクスプロージョン！」

首筋を狙って放たれた斧による致命の一撃と、胸部を狙って放たれた雷の爆発。

二人が放つことのできる最大威力の叩き込まれた必殺技を食らったマーマンキングは……。

「ギ、ィ……」

地面に倒れ込み……そのまま動くことはなかった。

「はあっ、はあっ、はあっ……」

「なんとか……勝てたか……」

二人は眼下に倒れ込むマーマンキングの死体を見ながら、拳を打ち合わせる。

魔物達は自分達のボスが倒されたことに、明らかに狼狽していた。

周囲の冒険者達は、この好機を逃してなるものかと果敢にアマーマン達に突撃していく。

一手間違えればたたでは済まない……そんな息の詰まる戦闘から解放されたことに、二人はホッと安堵の息を吐く。

そして倒れ込みそうになる身体に鞭を打ち、ぐぐっと背筋を伸ばした。

「ハイヒール」

幸いそれほど攻撃をもらっていなかったので、治療はヒーラーの中級回復魔法で十分だった。

「さて、もう少し頑張らせてもらうとしますかねっ」

「ああ、折角のボーナスタイムを無駄にするわけにゃあいかないからな」

一度下がり小休止を取った二人は、ここからもうひと踏ん張りだと再び戦場へと向かう。

王がやられ及び腰になっていたアマーマン達を狩っていく冒険者達。

だが彼らの勢いは長くは続かなかった。

途中からアマーマン達の動きにまとまりができはじめてきたのである。

「おいおい……」

「はは、冗談だろ……？」

冒険者達の先陣を切っていたランパルド達の、表情筋が完全に固まる。

そこにあったのは……。

「「「グラアアアアアアアアッ！！！」」」

紫の隊列だ。

アマーマン達を掻き分けてやってきたのは、十を超えるマーマンキングの群れだった。

後ろを見れば、マーマンキングの数は更にいる。

全てを合わせれば、恐らくその数は二十ではきかないだろう。

先ほどマーマンキングを一匹倒すのに、全力を尽くしたのだ。

既に疲労困憊の二人に、もう一度同じことができるはずもない。

そして現状、このシナモンの街の最大戦力は二等級であるランパルド達である。

つまり状況は——あまりにも絶望的。

何をどうやっても、この状況を乗り越える手立てが見つからない。

「お、終わりだ……」

冒険者の男の呟きは、皆の気持ちを代弁していた。

けれどその呟きはマーマンキング達の足音に掻き消され、誰の耳にも届くことはなかった。

皆の心が絶望に染まり、悲鳴や怒号が辺りを満たす。

生を諦めた者の中には、魔物に殺されるくらいならと逃げだそうとする者もいた。

ギリギリ保たれていた戦線は崩壊し、絶望の色は更に濃くなる。

冷や汗を掻きながら、ランパルドとグィンバルは横に並んだ。

「奴ら……なんでこれほどの戦力がありながら、出し惜しみを」

「さぁ……？　魔物の考えなんざ、俺達にわかるはずもないだろ」

「——たしかに、そりゃそうだ」

周囲の人間達が続々と諦めていく中、それでも二人は斧と杖の握りを確かめる。

彼らの辞書に、諦めるなどという文字はない。

最後の最後まで足掻き抜き、一匹でも多くのマーマンを屠ってやるつもりだった。

「それじゃあ……行くか」

「どっちが多くマーマンキングを倒せたか、勝負しないか？」

「おう。負けた方はあの世で、酒を奢るってのはどうだ」

「いいね、のったよ」

二人は軽く笑い合いながら、死地へと赴く。

己の死を覚悟しながらそれでも前を向く彼らは、どこまでも冒険者であった。

ランパルド達はマーマンキングの集団に飛び込もうとする。

だが突如として、その頭上に影が生じた。

思わず空を見上げた彼らの近くに降り立ったのは……。

「グルウゥッ！」

「みいっ！」

「――大丈夫ですかっ!?」

グリフォンに跨がり、その肩に亀を乗せた、銀髪の少年だった。

「グ、グリフォンだと……」

「グリフォンライダー……俺は今、夢でも見てるってのか……？」

空を統べる生き物とは、一体何か。

その問いに対する答えは、鳥形の魔物だろうか？

答えは否。

では天空から一方的に相手を嬲ることのできるワイバーンこそが、空においては最強か？

――それもまた否である。

なぜなら空を統べる覇者は……力強い四本の足で大空を駆け、その翼で天空に羽ばたくグリフォンだからだ。

こと空中戦において、グリフォンに勝る魔物はこの世界には存在しない。

一等級――つまりは最強クラスの一角であるグリフォンには、ある特徴があった。

この魔物は己が主と認めた人間にのみ、その背中を預けるのだ。

故に一等級の魔物を単独で倒すだけの実力があり、グリフォンがその力を認めた豪傑は、グリフォンに乗ることができる。

グリフォンライダー……それは畏怖の象徴であり、同時に英雄のシンボルでもあった。

かつてその名を馳せたとされる偉人には、グリフォンライダーの者も多い。

強力な魔物を従える存在は、自然と人の耳目を集め、有名になっていくものなのだ。

だがグリフォンライダーが現れることは、非常に稀だ。

英雄はそう簡単に現れないからこそ、英雄として崇められるのである。

王国で最後にグリフォンライダーが出たのは、今よりもはるか昔のこと。

目の前の光景は、果たして本当に現実なのか。

しきりに目を擦りながら確認するランパルドだが、何度確かめても結果は変わらない。

彼の前にいるのは、自分よりも一回り以上歳の離れたように見える少年だった。

冒険者業界では、見た目と実際の強さは比例しないというのはわりとよくあることだった。

恐らくこの少年も見た目が当てにならない類だろう。

少年はアマーマンの群れと、それを従えるマーマンキング達を前にしても自然体のままだった。

さして緊張していないその様子は、この戦場にいる者達と比べると明らかに異質だった。

「アイビー、サンシタ……やろう」

「みいっ！」

「グルルッ！」

少年が肩に乗せた亀が、ふよふよとひとりでに浮かび出す。

そしてそのサイズが、突如として大きくなる。

魔物の中には、自らの肉体の大きさを変えることができるものもいる。

スライムやゴーレムの一部には、自らの身体を本来より縮めたり、あるいは一時的に本来より巨大化させることができるものがいるのだ。

だがこの亀の巨大化は、そのような生やさしいものではなかった。

しゅるしゅる、しゅるしゅる……。

最初は手乗りサイズだったはずの亀が、どんどんと大きくなっていく。

片手で持てるほどのサイズになってから、両手でも抱えきれないほどのサイズになり、そして人を乗せることができるほどの大きさになる。

けれどそれでもまだまだ止まらない。

そのあまりの異様な様子に、マーマンも人も、全員が言葉を失って亀を見つめていた。

止まることなく大きくなり続けた亀は、最終的に……。

「なんだよ、これ……」

「デカ、すぎんだろ……」

山のようなサイズにまで成長していた。

……いや、成長していたのではない。

本来のサイズが、これほどデカかったのだ。

そんな生物が、果たして存在していいのか。

これは魔物なのか。だが魔物だとしても、いくらなんでも……。

思考が空転するランパルド。

亀の衝撃の前に、先ほどまで見ていたはずのグリフォンライダーの印象すら霞んでしまっていた。

亀が一鳴きすると、マーマン達は思わず後ずさっていた。

続いて亀が身じろぎをすると大地が揺れ、小さな地割れが起きる。

冒険者の中には腰を抜かし、地面に倒れ込んでしまう者までいるほどだ。

けれどそんな彼らを責めることはできない。

何もできないという点では、ランパルドも無様に惑っている者達と何も変わらなかったからだ。

呆然とすることしかできなかったランパルドとグィンバルは、気付けば亀の背にグリフォンライダーの少年が乗っていることに気付く。

それを見てようやく、あの亀は少年の肩に乗っていたのだということに気付く。

グリフォンと超超巨大な亀を使役するあの少年。

一体彼は――ランパルドが考えることができたのは、そこまでだった。

「やっちゃえ、アイビー！」

「みぃいいいいいいいっっ！」

亀の叫び声と同時、世界はその色を失った。

激しい光で塗りつぶされる視界。思わず目をつぶったが、まぶたの裏まで明るさでクラクラとしてくるほどの異常な光度だ。

だが今目の前で起きているこれを、見逃すわけにはいかない。

ランパルドは逆らおうとする自分の身体に活を入れ目を開ける。

そこにあったのは、圧倒的なまでの光だった。

夥しいほどの魔法陣。

円形の中に展開された、精彩にして緻密な魔法陣が、縦に横にと広がっている。

近くにあるものは、自分の身体を照らすほどの場所に。

そして遠くにあるものは、目を細めなければ視認すら難しいほどの遠距離に。

それら全ての魔法陣が、その輝きを強め、発動のタイミングを見計らっていた。

その光景を見たマーマン達は、逃げるでもなく、怖がるでもなく、ただ呆けたように天を突くほどに巨大な亀を見上げていた。

「おいおい……」

恐らく人も魔物も、今抱いている感情は同じだろう。

つまりは――自分とは格が違う。

ランパルドは世界の広さを知った……というより、強制的に理解させられた。

井の中の蛙、大海を知らず。

上には上がいる。

そんな言葉が脳裏をよぎる。

二等級冒険者になるまでに、厳しくも険しい道のりを乗り越えてきたつもりだ。

おかげで今ではある程度名が通るようになり、界隈では知られるようになってきたという自負もある。

けれどそんな自信は、目の前の光景の前に木っ端微塵に砕け散る。

圧倒的な力は、全てを凌駕するのだ。

「みぃいっっ！」

魔法陣の輝きが強くなり、そこから魔力の矢が現れる。

シングルアクションの単純な魔法だ。

けれどそこに込められた魔力は恐ろしいほどに高く、魔力をわずかに感じ取れるランパルドにも震えが走るほどだ。

そして魔法の数はまともに数えるのが馬鹿らしくなってくるほどに大量だった。

ズドドドドドッ!!

「ギギイイイィッッ!?」

「「アンギャアアアアッッッ！！！」」

魔法の矢が、マーマン達へと降り注ぐ。

マーマンも、アマーマンも、マーマンキングも関係ない。

全ての魔物達が一撃で身体を貫かれ、己の骸を晒していく。

後に残ったのは大量の魔物達の死骸と、静寂だけだ……。

腹の底に響くような地響きに驚き顔を上げれば、亀がその巨体を動かしていた。

大きさのわりに機敏な亀が、先ほどまでいた魔物達の方ではなく、人間達の方に向き直る。

そしてわずかに香るアンモニア臭……どうやら意気地なしの誰かが漏らしたらしい。

冒険者の中から叫び声があがる。

「ひ、ひぃっ!?」

ランパルドもビビってはいるが、彼はそもそもの前提を忘れてはいない。

この亀は、先ほどグリフォンに乗っていた少年の肩に乗っていたのだ……ということを。

しゅるしゅるしゅる……先ほどの光景を逆再生しているかのように、亀が小さくなっていく。

先ほどのサイズに戻った亀は再びふよふよと浮かび……そして少年の肩に乗った。

少年は一つ頷くと、グリフォンに乗って空へと駆け上がっていく。

冒険者が、遠くから街の行く末を見守っていた住民が、高く高く上っていく少年達を見つめる。

天駆けるグリフォンと、それに跨がるグリフォンライダーの少年。

あまりにも現実味のない出来事の連続に、頭の中の情報処理が追いついている者は誰一人としていなかった。

絶体絶命のピンチに現れたグリフォンライダー。

マーマンキングすら鎧袖一触で屠ってみせる、最強の亀。

人から話を聞けば、どこから突っ込めばいいのかわからないような話だ。

けど誰もが、目を離すことができずにいた。

その視線は自然と彼らを追いかけ、その顔には童心が宿る。

そう、それは……目の前の光景はまるで、少年の頃に母親から言い聞かせられた物語のようで。

どんな者でも憧れ、瞳を輝かせたことのある、英雄譚や叙事詩の一ページのようで。

誰もが目を離すことができなかった。

ある者は英雄を見つめるような眼差しで。

またある者は、自分が追いかけ、そして掴めなかった夢を見つめるように目を細める。

中には膝をついて祈り出すような者まで現れ始める。

「シナモンにお住まいの皆さん！　そしてシナモンを守るためその剣を振るってくれている冒険者の皆さん！」

天高く、雲に手が届くほどの高度に達した少年。

はるか遠くにいるはずの彼の声は、魔法によって皆の下へ向かい、その耳に届いていく。

「国からの要請に従い派遣されてきた、一等級冒険者のブルーノです！　エンドルド辺境伯の命に従い、魔物を殲滅します！」

（ブルーノ？　……聞いたことがないな）

ランパルドはいつか超えるべき目標として、自分より格上の一等級冒険者の名前は全員分頭に入れている。

少なくとも彼が暗記している名簿の中に、ブルーノという名前の人間はいなかったはずだ。

けれど疑問は湧いてはこなかった。

冒険者というのは、強さが全てだ。

あれだけの強さがあれば、冒険者登録をした瞬間に一等級に昇格させられたと言われても、なんらおかしなことではない。

「僕は――いえ、僕達は」

ランパルドが、新たな人影が現れたことに気付く。

気付けば頭上のブルーノの周囲に、新たな者達の姿が見えていたのだ。

どこから、どうやって、いつの間に現れたのか……そんなことを疑問に思う者は誰一人としていなかった。

皆、驚きの連続で完全に感覚が麻痺してしまっているのは間違いない。

そこにいたのは、五人の女性だ。

青と白の瀟洒な修道服に身を包んだ女性。

禍々しい漆黒の鎧に身を包んだ女性。

熟練の冒険者のような佇まいをした、痩身な女性。

そして見たことのないほど美しい、淡く七色に光る鎧を身につけた謎の美女。

最後に自分の身体より一回りも大きなローブを身に纏う、魔法使い風の女性。

皆、恐ろしいほどに顔が整っている。

けれど少年や亀と同様、舐めてかかるのは危険だろう。

綺麗なバラには棘があるものだ。

そして何より彼女達はあの少年――ブルーノの隣に並ぶ者達なのだから。

「僕らは――一等級パーティーの救世者《セイヴァーズ》！　皆さん、力を合わせて魔物を倒しましょう！　今、この瞬間からが――僕達の逆襲の時です！」

ブルーノが拳を握り、手を上げた。

絶体絶命のピンチから助けられ、その戦いぶりを間近で見つめていた冒険者達は、誰からともなく手を掲げる。

そして皆が、ブルーノと救世者の名を高らかに叫んだ。

熱狂の渦は広がっていく。

後方でいざという時のために待機していた騎士達が手を叩けば、街で固唾を飲んで様子を見守っていた平民達が声を上げる。

それは正しく、新たな英雄の誕生の瞬間だった。

伝説の目撃者となった者達が、喉を嗄らすほどに叫んだ。

怒号と悲鳴と歓喜の混じり合った声は大地を震わせ、興奮は熱狂へと変わっていく。

熱狂を生み出したブルーノは、恥ずかしそうにポリポリと頭を掻いている。

だが幸いにも熱された空気の中では誰もそれに気付くことはなく。

ブルーノの頬が少し赤らんでいることに気付いたのは、近くからそれを見つめているアイビーだけなのだった……。

僕らがやって来た時には、既に状況はかなり切迫していた。

けれどギリギリ、間に合った。

もしアイビーが急かしてくれていなかったら、取り返しがつかないことになっていたかもしれない。

いったい彼女にはどこまで見えているんだろうと思ってしまうほど。

流石のアイビーと言えど、未来のことまで全部お見通しってわけじゃないとわかってはいるんだけどさ。

「アイビー」

「みいっ！」

ちゅどーんっ!!

僕を乗せられるくらいのサイズになったアイビーと一緒に、ライトアローを放つ。

こちらに向かってこようとする魔物達は、一撃で葬られていく。

先ほどアイビーの本気を見せたおかげで、魔物達は完全に勢いを失っていた。

数は以前の昏き森よりも多そうだけど、この調子なら問題なく討伐することができそうだ。

「みぃみいっ！」

「ふむふむ、そうなの？」

「みぃっ！」

アイビーは、ここは他の人達に任せて、僕達は別の場所に救援に向かった方がいいと伝えてくる。

でもたしかにさっき僕が頑張って演説をぶったおかげで（正直、結構恥ずかしかった）、勢いはあるし、形勢もこちらに傾いてくれていると思う。

逃げた魔物達も多いので、現在こっちに向かってきている魔物達の数はかなり散発的でもある。

だけど流石に僕らがいなくなったらマズいんじゃ……。

「みぃみぃっ！」

けれどアイビーが主張していることももっともだと思う。

もし仮にここの魔物の襲撃を完全に抑え込むことができたとして、他の四つのどこかが抜かれてしまっては意味がない。

アイビーもかなり魔力を節約して戦っている。

今は本気の時の戦闘フォームを使った時間もかなり短かったし。

転移を使ってただでさえかなり魔力を使っている状態だし、ここから更に連戦になる可能性も高い。

何かあった時のために備えているんだと思う。

「残りの四つの港がどんな風になっているかを、確認できればいいんだけどね……」

「……？　――みぃっ！」

僕がぽつりと呟くと、アイビーが少しだけ首を傾げてから、元気に鳴いた。

……え？

確認できるの？

「みぃっ！」

自信ありげに頷くアイビー。

ふぉんと聞いたことがない音が鳴ったかと思うと、僕らの頭上に見たことのない映像が現れる。

その映像は、合わせて四つ。

一体何だろうと少し不思議だったけど、見ているうちになんなのかはすぐにわかった。

これ――多分他の港町の映像だ！

「みぃっ！」

どうやらそういうことらしい。

食い入るように見てみると、そこでは人間と魔物の戦いが繰り広げられていた。

冒険者らしき人が魔物と戦っているところもあれば、騎士団らしき全身甲冑の人達が魔物と戦っているところもある。

映像の視点はパッパパッと細かく切り替わるので戦況は掴みにくいが、どこも魔物を殲滅することはできていないようだ。

けれど戦局はかなり厳しそうなところから、拮抗しているところまである。

どこも、明らかに人間側の勢力が劣勢に見える。

マズそうなのは、見ている限りでは二つ。

特に最北の街が、圧倒的に劣勢な状態だ。

騎士団の備えがあったこちらよりもまずい状況かもしれない。

もし行くとするのなら、最北の街——ガラリアに急ぐべきだと思う。

でも僕らがここを離れるわけには……。

あちらを立てればこちらが立たぬ、なんてことになっちゃう可能性もあるし。

一時の勢いを失ったとはいえ、マーマン達の数はまだまだ多い。

やっぱり僕達はここに残って……。

「あ、それなら私が残るよ」

そう言って手を上げたのは、シャノンさんだ。

……そうか。

以前魔物を撃退した時みたいに、全部を僕らだけでやらなくちゃいけない理由はないんだ。

今の僕らには、頼りになる仲間がいる。

それならここは——任せることにしよう。

「それじゃあ——頼みますッ！」

「――お姉さんに、任せなさいっ！」

僕らはシャノンさんに頭を下げて、次の地へと向かおう。

だから……任せました、シャノンさん。

「ふぅ、行ったみたいだね……」

ブルーノ一行が別の街へ向かうのを見送ってから、シャノンはくるりと向き直る。

目の前には数こそ減ったものの、未だこちらへ向かってきているアマーマン達の大群がある。

ぺろりと舌なめずりをしながら、シャノンの口角が上がる。

心の底から湧き出してきた感情は――歓喜だった。

「ここ最近は、退屈だったからね……」

ブルーノ達がやってきてからというもの、自分が命を張って戦う機会はほとんどなくなっていた。

アイビーとの手合わせで強くなったというのもあるし、カーチャの護衛をしたことをきっかけに、婦女子の貴族の護衛依頼を受ける機会が増えていたからだ。

だからこそ、シャノンは求めていた。

今の自分の力の全てを発揮できる戦場を。

一等級になれる冒険者というのは、多かれ少なかれ頭のネジが吹き飛んでいる。

安定より危険を、安全地帯より死地を。

シャノンの心は、どこまでも闘争を求めていたのだ。

後ろには、冒険者達の姿がある。

彼らは今や、迷える子羊のようだった。

アイビーがいなくなり安堵している者。自分達だけでマーマン達を倒せるのかを不安がっている者。シャノンの実力を疑問視している者。

早急に、羊を狼に戻さなければいけない。

いくらシャノンが一等級冒険者とはいえ、大群を相手に単体で戦い続けることなど不可能に近いからだ。

今必要なのは、圧倒的な勝利。

いや、もっと言えば、圧倒的なまでの純粋な力だ。

これは勝ち馬だ、乗らなければ損だ。

冒険者達にそう信じ込ませ、彼らを戦場に駆り立てなくてはならない。

自分を信じ先へ進んでくれた、ブルーノ達のためにも。

シャノンはグッと、奥歯を嚙む。

ガチリと音が鳴り、彼女の全身に魔力が高速で循環し始める。

「グラアアアアッッ!!」

残党の中に紛れていたマーマンキングの爪撃が、シャノン目掛けて放たれる。

けれど彼女は見ることすらせず、気配だけでその攻撃を躱してみせる。

「加速装置、三式」

そして目にも止まらぬ速さで抜刀すると、一瞬のうちにマーマンキングの背後に移動していた。

ずるりと音を立てて、マーマンキングの首が落ちる。

血を噴き出しながら地面に倒れた魚人の王の死骸を蹴りつけ、シャノンは叫んだ。

「あんた達、冒険者の意地を見せろ！　ここから先が――うちらの稼ぎ時だぞ!!」

騎士――それは民を守るために己を鍛え上げた、国の矛だ。

武力組織である彼らは、その力をみだりに使ってはならない。

騎士団が戦うのは、王のため、主のため、そして民のため。

国の秩序を守り民の矛となるべく、彼らは日夜厳しい鍛錬に打ち込んでいる。

港町であり、シナモンから北に向かったところにあるアザゼルの街。

シナモンより数段大きく、大陸棚の広がっているこの場所でも、魔物と人間の激しい戦いが行われていた。

既に大陸棚に魔物が押し寄せる事態となっており、アザゼルの領主は一計を案じた。

敢えて水際での防衛を放棄し、魔物を陸地に誘引してから戦う作戦に切り替えたのだ。

その作戦は、目論見通りに上手くいっていた。

海という地の利がない状態であれば、水の中で自由に動き回ることができる相手のメリットを潰すことができる。

またアザゼルはかつて戦乱の多かった頃の名残で、市街戦を想定し街自体が入り組んだ作りになっている。

故に二重三重と防衛ラインを設定することが可能であり、今のところその作戦は見事にハマっていた。

「ちいっ、ブラストがやられた！」

「ヒーラー、回復頼む！」

最前線で戦っているのは、冒険者達だ。

緊急依頼で徴集された彼らは、水棲の魔物達を相手に奮闘を続けている。

やってくる魔物は、四等級から三等級の魔物が多い。

全身に水を纏い、水魔法を使いこなすウォータードール。

青色の体色をし、同じく水魔法を使ってみせるブルースライム。

そこに近接戦闘が可能なリザードマンやマーマン達が合わさることで、相手方もパーティーを組んでいるかのように連携した攻撃を行ってくる。

だがその連携は、日夜命がけの戦いを続け、阿吽の呼吸を掴む冒険者達と比べれば一等劣る。

故に冒険者達は、負傷者や脱落者を出しながらも、比較的有利に戦うことができていた。

冒険者達がバテ始めた頃、ドオンッと腹に響くような銅鑼の音が聞こえてくる。

その意味を理解した彼らは、更に大きく後退していく。

下がった彼らが射線を作った先にいるのは、特に火力に優れた魔法使い達による特別編成の部隊だ。

通った射線をなぞるように、魔法使い達があらかじめ準備しておいた魔法を使う。

「「ギィヤアアアッッ!!」」

練りに練った一撃を放ち、疲弊した様子の魔法使い達は急ぎ後退していった。

本来なら追撃のチャンスだが、攻撃を食らいてんやわんやになっている魔物達にそれをするだけの余裕はない。

ザッ、ザッ、ザッ。

冒険者達が下がるのと交代するように前に出てきたのは、恐ろしいほどに足並みの揃った軍隊だった。

まるで一匹の生き物であるかのように音を響かせながらやってくる一団は、白銀の鎧をその身に纏う騎士達である。

「我が第三騎士団の力を、魔物共に見せてやれ！」

「「おおおおおおっっ！」」

騎士達が鞘に収められていた直剣を抜き放つと、シャラリと金属の擦れ合う音が聞こえてくる。

中から姿を現したのは、魔力含有金属であるミスリルでできたミスリルソードだ。

その剣には、己の家名を示す紋章が彫り込まれている。

彼らは足を速めても一糸乱れぬことなく、統率の取れたまま、魔物へと接敵する。

「「おおおおおっっ!!」」

ある者は剣で、ある者は魔法で、またある者は武技を使い、魔物達を物言わぬ骸へと変えていく。

魔物達も応戦しようとするが、彼らの攻撃は容易く避けられ、そして騎士達の一撃は的確に魔物の命を奪っていく。

数は魔物の方が圧倒的に多いはずなのだが、騎士達はまったく寄せ付けることなく魔物達を圧倒している。

「――シッ!」

その剣技は容易く魔物の硬皮を裂き、動脈に届き致命傷となる。

「フレイムランス!　フレイムランスッ!　フレイムランスッ!」

騎士団員が放つフレイムランスは、大量の魔力を込めて放たれるシングルアクションの魔法だ。

魔力を込めて威力を高めてあるため、その炎の槍は一発の発動で対象だけでなく周囲にまで衝撃と熱を伝える。

「抜断《ブレイク》ッ!」

騎士の放つ武技は、左右の敵と合わせ容易く三匹もの魔物を仕留めてみせる。

その騎士はそのまま二度、三度と武技を重ねて使い、周囲にいる魔物を一掃してみせた。

先ほどの冒険者達の戦闘がおままごとだったかと思えるほどに激しい攻勢によって、あっという間に死体がうずたかく積み上がっていく。

騎士団員とは、戦闘のエキスパートである。

その門戸自体が非常に狭く、また騎士に至るまでの道のりも生やさしいものではない。

十五歳を迎えて成年になると同時に選抜試験に合格してからは、厳しい基礎訓練と軍事演習を行い続ける地獄の日々を送ることになる。

肉体だけではなく、武技と魔法の技能を磨いた彼らは、騎士の名に恥じないだけの戦闘能力を持つに至る。

このアザゼルにやってきた第三騎士団は、その中でも更に生え抜きの人材で固められた騎士団である。

王国には、王に忠誠を誓う騎士団が合わせて十二存在しており、それぞれに騎士団ごとの強みと役割がある。

その中でも第三騎士団の特徴は、魔物の討伐。

徹底した実力主義の気風は、元冒険者などの在野の人物がスカウトされ入団した人間が何人もいることから見ても明らか。

魔物討伐に関するスペシャリスト集団だ。

彼らは王命を受け、数ある港町の中でも特に劣勢なアザゼルの街へやってきた。

日夜を問わない強行軍での進軍でありながら、誰一人道中で脱落することなく、全員がこの場に立っている。

第三騎士団の団員達は一定の距離は開けながらも、小隊規模での連携を取りながら魔物相手に戦い続けていた。

魔法を何発打っても、武技を何度放っても、彼らが止まることはない。

魔力が切れたのなら役割を交代して前に出る、魔力が回復したのなら合図をしてから再び魔法を放つ。

白兵戦から魔法戦闘までこなす万能の騎士団員達は、冒険者達のようにすぐに息切れをすることなく戦い続ける。

だがそれができるのは、同行しているもう一つの騎士団のおかげでもあった。

「ぐうっ!?」

リザードマンの武装であるトライデントの突きを食らった騎士が、胸部に一撃をもらい吹っ飛んでいく。

第三騎士団の人間であっても決して無敵ではない。

衝撃で大きく凹んだ胸部装甲を支える団員が咳をすれば、呼気に合わせて血が飛び出した。

「シャアアッッ!!」

リザードマンはトドメをさすべく、槍を兜の隙間に差し込むべく突きを放つ。

思わず地面に膝をついた騎士は必死で剣を構えようとするが、彼が迎撃するよりも槍が脳天を貫く方が早い。

「オールヒール！」

そこに飛んできたのは、上級の回復魔法だ。

みるみるうちに傷は塞がっていき、体内から活力が噴き出してくる。

一瞬のうちに完治し、動きのキレを取り戻した男の剣が、リザードマンの首を刎ねた。

「――感謝します、ソエル卿」

「グウィン卿、まだ戦いは終わっていませんよ」

「はっ、もちろんです！」

今回、このアザゼルの街に派遣された騎士団は二つある。

勇猛果敢で、圧倒的な制圧力と攻撃力を持ち、魔物との戦いに秀でている第三騎士団。

そして隊の実に半分以上が回復魔法の使い手である第十騎士団である。

その隊長を務めるのはソエル・グランツ。

『白星』の異名を持つ、王国騎士団最高の回復術士だ。

このアザゼルの街での攻防は、一進一退を繰り広げているが、常に人間側の勢力が優勢であった。

それは彼女率いる第十騎士団が、傷を負った騎士と冒険者達を癒やすことができるからこそ可能な芸当だ。

三等級以上の魔物が軍勢のように押し寄せる状態で押し込まれていないのは、ソエル達回復術士の働きが非常に大きい。

（これなら……問題なく倒せそうですね）

今回、二つの騎士団の統括指揮権を握るソエルは内心で胸をなで下ろしながら全体の状況を俯瞰する。

前線が崩れるのを防ぐため指令と己の魔法を各所へ飛ばす彼女の手腕のおかげで、未だ騎士に死者は出ていない。

このままの状態を続けることができれば、大きな被害を出すことなくアザゼルの防衛を完遂することが可能……それがソエルの推測であった。

けれどソエルは知っている。

世の中は、なかなか思い通りにはいかないということを。

故に彼女は常に最悪を想定して動き続け……その心配は、杞憂にならなかった。

そして事実は、その想定の更に下をいくのであった――。

「征けっ！　総仕上げだっ！」

「「「おおおおおっっ‼」」」

激戦は日を跨いでも続く。しかし、昼夜を問わない戦闘によってようやく終わりが見えてきた。

魔物の襲来もはまばらになり、人間側の勢いは俄然強くなっていく。

そしてとうとう新たに泳いでやって来る魔物が途切れ、あとは陸に上がってきた魔物を倒せば戦いが終結する。

討伐の終わりが現実味を帯びてきたことで安堵し始めたタイミングだった。

フォンッ！

虫の羽音を何十倍にも増幅したような音が鳴ったかと思うと、それはもう戦場に立っていた。

「ふむ、当たりが出たかと思い来たはいいが……どうやら外れらしい」

「なっ、こいつ……一体どこからっ!?」

それは休憩のために後退していた冒険者達の列に、突如として現れた。

その姿を一言で言い表すのなら――人に似た特徴を持つ、ナニカだ。

一見するとそれは、真っ黒なローブを身に纏っているように見えた。

けれどよくよく見ると、そのローブと肉体の間には継ぎ目がない。

皮膚は薄い紫色をしており、その額にはねじくれた二本の角が生えている。

魔物だ――即座に判断した冒険者達が剣を向ける。

「邪魔だ」

男がうっとうしそうに手を払う。

次の瞬間、暴風が吹き荒ぶ。

「うおっ!?」

「あがっ!?」

しかもただの風ではない。

魔力を込められたその吹き荒れる風は、触れる者を傷つける風の刃を伴っている。

突如として現れた魔物へ一撃を当てに行こうとした冒険者達は、為す術もなく全身を切り刻まれる。

そしてそのまま突風に吹き飛ばされ、ボールのようにバウンドしながら吹っ飛んでいく。

「――エリアヒールッ！」

ソエルは突如として現れた魔物にも冷静に対処し、即座に範囲回復を行う。

完治とまではいかなくとも、応急処置くらいはできただろう。

怪我人の方を見るだけの余裕はない。

そんなことをすれば、自分もあの風の餌食になってしまうだろう。

「ブラッドベリ卿、コニー卿、私達で仕留めますッ」

「了解した！」

「承知致しましたっ！」

目の前の魔物が只者ではないことを一瞬で看破したソエルは、即座に少数精鋭の作戦に切り替える。

彼女と共に戦うのは、第三騎士団の団長であるブラッドベリと、副長であるコニーだ。

他の冒険者や騎士達は事態を察知し、即座に距離を取る。

ブラッドベリが主、そしてコニーがサブの形で、互いが互いの隙を補うように間隙のないミスリルソードが閃く。

ソエルが二人を援護、支援しながら適宜回復を重ねていく。

王国において最強の騎士が務める騎士団長二人と、副長。

ここにいる最高戦力で相手をした結果は――。

「――ぐうっ!?」

「あぐっ!?」

惨敗であった。

三人は立ち上がることもできず、地面に倒れ込む。

それを見た魔物は、つまらなそうな顔をしながらハンカチで手についた返り血を拭う。

「折角勇者が現れたかと思いやって来てみれば……まさか雑魚達による人海戦術とはな。期待外れも甚だしい」

ソエルは勇者の言葉に、ピクリと眉を動かす。

倒れているおかげでその様子を見られなかったのは、不幸中の幸いだった。

(どこかから勘付かれた？　となれば今回の襲撃の理由は、まさか――)

「とりあえずこいつらを皆殺しにするか。人を殺し続ければ、いずれ勇者にも辿り着くことができるだろう……そうだ、冥土の土産に教えてやろう」

その人型魔物の周囲に、風が渦巻き始めた。

魔法を使ったわけではない。魔法を放つために体内で魔力を練り上げる際に、わずかに体表からこぼれ出る余波。

余波だけでこれだけの強風なのだから、その魔法の一撃は推して知るべし。

魔法についての造詣が深い分、使おうとしている魔法がどれだけ巨大で凶悪なものなのかが、ソエルにはわかってしまう。

「我の名はベルトール——魔王十指、左第二指の『颶風《ぐふう》』のベルトールだ……俺の名前を、死後の世界でも語り継ぐといい」

魔法が発動する。

そして圧倒的なまでの破壊が周囲にもたらされ……。

「何？」

——ることはなく。

破壊が始まるよりも早く、飛来した何かによって霧散した。

眉をピクリと動かすベルトールと、地面に倒れ込むソエル。

二人の間に現れ全てを掻き消したのは、砂煙の奥に立っている一つの人影だった。

そこに立っていたのは、ソエルが脳裏に思い浮かべ、ベルトールが探している——勇者レイ、その人だった。

「良くも私の師匠を殺そうとしたな……貴様、絶対に許さんぞ」

「許さないから……なんだというのだ？」

「レイ……」

顔を上げたソエルは、やってきてしまったレイの背中を見つめる。

何度か顔を合わせたことがあるからこそ、レイの実力はよく理解しているつもりだ。

故にソエルは震える声で叫ぶ。

「今のあなたでは……勝てない、逃げなさいっ！　ここは私が……」

「無理をしないでください、師匠」

立ち上がろうとするソエルに、回復の光が降り注ぐ。

レイが一瞬のうちに発動させてみせたそれは、以前は時間をかけなければ発動できなかったオールヒールだ。

（これなら、もしかして……）

弟子の成長を感じたソエルは、なんとかして立ち上がり戦いの様子を見つめる。

ベルトールがその手を払う。

レイは降り注ぐ嵐と風の刃を――一刀の下に斬り伏せてみせる。

「ほう……やるな」

「あまり人間を……舐めるな！」

ベルトールが連続で魔法を発動させ、レイはそれを斬り伏せながら近付いていく。

近付かせたくないベルトールと、接近戦に持ち込みたいレイ。

レイがその手に握る剣は、ミスリルより更に高度と強度に勝るとされるオリハルコン製だ。

ベルトールの魔法を幾度となく斬り伏せるが、その度に風に刻まれ小さな傷が増えていく。

けれどレイはその傷を、剣を振りながら回復魔法で治していく。

レイは武技よりも魔法に適性の強い魔法剣士だ。

だがそのため、武技を極めた剣士と比べるとフィジカルでは劣っている。

故に彼女は魔法と剣技を組み合わせた戦い方を好む。

今回の場合、レイは目の前にいるベルトールが魔法戦に特化した魔物であることを一瞬で看破してみせた。

故に彼女が狙うのは接近戦、己の強みを活かしきれる範囲に入ることを狙う。

当然ながらそれをわかっているからこそ、ベルトールも距離を取りながら戦い続ける。

距離は依然変わらず、レイの身体には傷が刻まれていく。

けれど回復魔法を併用しているため、傷はたちまちに癒えていく。

レイはそれでも前に進み続けた。

お互いに魔法を使い続け、体力と魔力を減らし続ける攻防が続く。

レイが何度か接近できる場面もあったが、ベルトールに終ぞ一撃は入らなかった。

けれど焦れているのは、むしろベルトールの方である。

自分が人間ごときを蹴散らすのにこれだけの時間がかかってしまっている。

その事実が、彼の心をささくれ立たせるのだ。

このまま持久戦に持ち込めば、恐らく目の前の人間を倒しきることはできるだろう。

けれどそんな消極的な選択をすることを、己の矜持が拒んでいた。

「ちいっ、これで死ねいっ――ストームブレイク！」

故に先に痺れを切らしたのは、このままでは埒が明かないと判断したベルトールの方だ。

彼が放ったのは、風魔法の極致。

先ほど周囲の人間を根こそぎ殺そうと発動させた範囲魔法、本来であれば前後左右あらゆるところに飛んでいく風を一点に収束させた、対個人用では最強クラスの風魔法であるストームブレイクだ。

恐らくこれを食らえば、タダでは済まないだろう。

けれどベルトールが魔法を放つその瞬間、レイの口許に笑みが浮かぶ。

「ソエル師匠。たしかに私は、未だ未熟で、一人では魔王十指すら倒すことができません。ですが……」

「セイントシールドッ！」

レイの眼前に、突如として巨大な盾が現れる。

呆然とした様子のソエルに、レイは笑いかけた。

「今はまだ、それで構いません。私には――仲間がいますからっ」

「結節貫手！」

「呪いの一撃《カース・ブレイク》ッ！」

自分に完全に意識が向くこの瞬間を、レイは待っていた。

マリアが攻撃を防ぐべく聖なる盾を出す。

ベルトールの意識の外からの攻撃を仕掛けるのは、アイシクルとハミルだ。

二人の一撃が綺麗に入った。

それだけで倒しきれはしないが、ベルトールの腹部にはアイシクルが作った穴が空き、その背中は大きく切り裂かれる。

「ふうっ、ベルトール、あなたは本当に何も変わりませんのね」

「貴様――アイシクルッ!?　血迷ったかっ!?」

叫んでからすぐに、ごほっと喀血するベルトール。

この千載一遇の好機を、レイは決して逃さない。

レイは残る全ての魔力を使い、この戦場にやって来てから初めての攻撃魔法を練り上げる。

「――魔法剣」

レイは剣を上段に構え、精神を集中させながら前へと駆けだした。

魔法剣——それは己の剣に魔法を乗せて放つ、上級の付与魔法。

魔法が強すぎれば、剣がダメになってしまう。

そして魔法それ自体が剣と親和するように調節しなくてはならない。

魔法に対して強い適性を持ち、なおかつそれを剣に纏わせる魔力の微細なコントロールを行えるものしか使うことはできぬ、適性を持つ者が極めて少ないレアな魔法だ。

これこそが勇者であるレイの必殺技。

彼女にしか使うことのできぬ致命の一撃。

レイの持つオリハルコンソードの刀身の周囲を、炎がグルグルと回っていく。

その外側を水が渦巻き、更にその外周を風が通っていく。

そしてそれらを、土が圧縮し剣に纏わせた。

四属性を纏った剣が漆黒に包まれ、そして最後に剣に光が溢れ出す。

光が収まった時、そこに現れたのは——虹色に輝く、オリハルコンブレードだった。

「魔法剣——虹色の輝き《レインボー・ルイン》」

六つの属性を調和させ、そこに剣それ自体の魔力を掛け合わせることで生まれる、七種類もの魔力の波動。

それらを一つに纏め上げ、一振りの剣として練り上げる。

それこそが勇者であるレイが使える必殺の魔法剣——虹色の輝きだ。

マリアが張った盾が割れる。

そして防ぎきれなかったストームブレイクが、レイ目掛けて飛んできた。

レイの取った行動は、迂回ではなく前進。

このまま最短距離を突っ走るため、彼女は前傾姿勢になり剣を構え、虹色の輝きをストームブレイクにぶつける。

防御魔法によって威力が弱まっていたとはいえ、ストームブレイクは未だ触れた生物を粉々に切り刻むだけの殺傷能力を持っている。

けれどレイの魔法剣は……たったの一突きで、その凶悪な風魔法を消し飛ばしてみせた。

「なにぃっ!?」

あれを食らったらマズい。

ベルトールはそう直感した。

身体は動く、故に今水中へ逃げ込めばやり過ごせる——そう考えたベルトールの顔に、膝蹴りが叩き込まれる。

「私は血迷ってなどおりません。これが私のこ・た・えですのっ！」

「アイシクルゥウウウウウウッ!!」

ベルトールが吹き飛ぶ速度より、空気を割いて進むレイの全力疾走の方が圧倒的に早い。

回避することもできぬまま胸に魔法剣が突き立った。

そして起こる、魔力的な爆発。

虹色の光の奔流が周囲を飛び回り、術者であるレイを除いた全ての人間がそのまばゆさに目を閉じる。

再度目を開いた時、そこには……。

「よしっ！」

ガッツポーズをしているレイと、黒焦げになり瀕死状態になったベルトールの姿があった——。

「レイ……強く、なったのですね……」

「はい、おかげさまで」

レイの剣を突き立てられたベルトールは、目を見開いたままだった。

しかし、そこから感じられる魔力はごくわずか。

あと数分もしないうちに、間違いなく息絶えることになるだろう。

弟子の成長を喜ぶソエルだったが、彼女が自分より遠いところに行ってしまったような気持ちになり、寂しくなってしまう自分もいた。

親の子供離れならぬ師匠の弟子離れだ。そう思い、傷だらけのレイに回復魔法をかけてやる。

「貴様……こんなことをしてタダで済むと……」

「おーっほっほっほ、負け犬の台詞など耳に入りませんわ～」

なぜか高笑いをしているアイシクルを見て、ベルトールは怪訝な顔をする。

彼は諦めた様子で、小さくため息を吐く。そしてレイの方に向き直って、

「貴様は……何者なのだ？」

「私か？　私は、そうだな……レイだ」

「勇者……なのか？」

「……ああ、そうだよ」

「そうか……それなら俺も、魔王様に、面目、が……」

それだけ言うと、ベルトールはガクリと身体から力を抜いた。

意識を失い、そして二度と起き上がることはない。

こうして無事、レイ達は魔王十指の討伐に成功した。

「「「おおおおおおおっっっ!!」」」

戦いの様子を見ていた周囲の人間達は歓声を上げ、残る魔物達を片付け始める。

レイは自分に浴びせられる賞賛を、むず痒そうに受け止めていた。

回復したソエルは立ち上がり、レイに向けて笑いかける。

「レイ……これから忙しくなりますよ。今回の一件で、あなたは世間からの注目を浴びざるを得ないでしょう」

「あー……多分大丈夫です、師匠」

「大丈夫？　何がですか？」

「私なんかよりはるかに目立つ二人が――恐らく全てをかっさらっていくと思いますので」

「……？」

こてんと首を傾げるソエル。

それに対しレイは苦笑するだけで、己の師の疑問を解消するつもりはないようだった。

ソエルは気を取り直して騎士団を再び動かし始め、レイ達は早々に冒険者グループの一員として従事する。

こうしてシナモンの街に続き、アザゼルの街も無事防衛に成功する。

そして時を同じくして、レイ達を下ろして急ぎ先へ向かっていたブルーノ達は、最も劣勢に立たされている最北の港街、ガラリアへと辿り着くのだった――。

僕らはレイさんをアザゼルへと下ろし、北へと向かっていく。

その理由は一つ。

アイビーが本気を出せば、レイさん達に力を発揮させることができないからだ。シャノンさんの離脱を許したのも同じ理由だ。

アイビーが本気を出せば、正直なところ彼女一人で全てがこと足りてしまう。

周りにいる人間達は、むしろ彼女が全力を出す上では妨げになってしまうのだ。

だけど、せっかくの実力者を余らせるのはあまりにももったいない。

ということでシャノンさんが離脱をするタイミングで、アイビーと一緒に立てた作戦はこうだ。

まず最初の街にシャノンさんを、そして次の街にレイさん達を下ろす。

そして周囲を気にせず戦うことができるようになった僕らは、一番危険地帯である最北の街ガラリアへと向かう。

そして僕らは北から、他のメンバー達は南から向かい、魔物達を掃討していく。

こうすれば合流できた時には、魔物の脅威は去っているという寸法だ。

ガラリアの街にやって来た時、既に事態はかなり逼迫した状態だった。

ガラリアは水辺から街に至るまでにいくつか砦が置かれ、迅速に戦力が集結できる作りになっていた。

けれど既に砦は全て壊されるか魔物に占拠されてしまっており、魔物達はガラリアの外壁に取り付こうとしている。

周囲の外壁には魔物達が群がっていて、通用門には大量の魔物が列をなして並んでいる。

街を守護する冒険者と騎士団が応戦していたが、明らかに劣勢。おまけに物資も乏しそうだった。

上から投げ入れる物がなくなったのか、家屋の煉瓦から腐った野菜まで、とりあえず投げられそうな物ならなんでも投げている。

あ、腐った大根が上手いことゴブリンの喉を突き刺してる、すご……って、今は冷静に観察してる場合じゃないね。

「サンシタ、低空飛行っ！」

《任せるでやんす！》

降りる場所は、まず突破されそうになっている通用門だ。

魔物達を処理している様子は、門を守る騎士達からも見えるはずだしね。

切羽詰まってはいそうだから、出し惜しみはなしだ。

「アイビー！」

「みぃっ！」

アイビーが戦闘フォームになり、巨大化する。

僕とサンシタは再度空を駆け、門に取り付く魔物達の頭上を取り、真下へと狙撃して確実に敵を削ることにした。

「ライトアローッ！」

アイビーほどではないとはいえ、僕もシングルアクションであればかなり大量の魔法を放つことができる。

ゴブリンにオーク、オーガにコボルト……アクープでも見慣れた魔物達を、魔法で倒していく。

でも、海から陸棲の魔物がどうやって……と思ったら、どうやら水棲の魔物達の背中に乗ってやってきたみたいだ。

海辺には大きな鯨がおり、その背中に大量のオークが乗っているのが見える。

しかも驚いたことに、口の中からオーガ達まででてきた。

どうやらあの鯨の魔物は、背中だけじゃなくて胃の中にまで魔物を入れることができるみたいだ。

「みぃぃぃっ!!」

本来の姿に戻ったアイビーは、門の前で渋滞している魔物達を踏み潰しながら、同時並行で街の外壁に取り付いている魔物達を魔法で処理している。

そしてそれだけに留まらず、外壁の上から応戦していた騎士や冒険者達を回復魔法で治してもいる。

僕も負けちゃいられないと、とりあえず放つライトアローの数を十個ほど増やしてみる。

《あっしも頑張るでやんす!》

サンシタも口から炎を吐いたり、魔法を使ったりして攻撃を加え始める。

最近では特訓の成果が出てきたらしく、体力も魔力も明らかに増えていて、魔法を連続で使ってもまったく疲れた様子がない。

ライトアローを乱射して魔物達を蹴散らしていく。

基本的に威力が過剰なこともあり、あっという間に魔物達を殲滅できた。

とりあえず目に見える範囲で魔物を倒してから、地面に降りる。

「……みぃっ」

シュルシュルと『収縮』を使って手乗りサイズになったアイビーは、どうやらお疲れのようで。

いつもより少しだけ元気のない鳴き声を出しながら、僕の肩の上に乗る。

こちらを見る騎士や冒険者達は口を開いて、ずいぶんと間抜けな顔をしている。

おっかなびっくりといった様子でやって来る騎士に、怖がられないようなるべくにこやかな顔を作ってから、

「エンドルド辺境伯の命により救援にやって参りました。一等級冒険者のブルーノです」

「一等級冒険者……失礼ながら、ギルドカードを確認してもよろしいでしょうか？」

「ええ、どうぞ」

僕が渡したギルドカードは、七色に光っている。

これは一等級冒険者しか使えないオリハルコンのギルドカード。

――そう、僕はエンドルド辺境伯とアンドレさんの結託の下、一等級に格上げされてしまった。

一等級冒険者であるシャノンさんをパーティーに入れた状態でリーダーの僕が四等級では格好がつかないだろうという理由からだ。

ちなみにギルドカードには所有者の魔力と血が登録されているため、偽造することはほぼ不可能である。

そこに記されたブルーノの文字を見た騎士の男性が、こっくりと頷いてこちらにカードを差し出してくる。

「確認致しました、疑ってしまい大変申し訳ございません。私はこの外壁の防衛を預かるレンスターと申します」

「レンスター卿、残敵の掃討に移っても構いませんか？」

「え、ええ、お願いできるなら、非常に助かりますが……」

騎士であるレンスター卿は貴族。

だというのに僕らに対してはなぜか敬語だ。

一等級の冒険者は騎士爵くらいの世間的な地位は持っていると聞いたことはあるけれど、大任を任されるレンスター卿は恐らくは世襲貴族のはず。

そんな人がこちらに気を遣っている……多分僕らを、どう扱えばいいのか図りかねてるんだと思う。下手に機嫌を損ねられたら困ると思ってるのが丸わかりだ。

とりあえずこれ以上レンスターさんの心労を溜めてしまわないよう、あまり深く突っ込まずに粛々と魔物の討伐に勤しむことにしよう。

こういう時に距離感をどんな風に摑めばいいかとかも、よくわからないしね。

「すげぇ……本物の、グリフォンライダー……俺、初めて見たぜ」

「俺もだ。なんつぅ強さだよ……」

「いや、たしかにグリフォンライダーもすごいけどよ。明らかに一番すげぇのはあの亀だろ！　見たかよ、さっきのあの馬鹿でかい巨体！　どんな魔物でも、あの足で踏めばイチコロに決まってる！」

魔物の討伐を更に進めていくうちに、外壁にいる人達から時折人の声が聞こえるようになってくる。

今までは防衛に徹して隠れながら戦っていた人達が、危険が去ったことで外壁に集まり始めているんだろう。

見れば魔物の素材を回収するためか、ぼちぼち冒険者の人達が外に出てき始めていた。

外に来た人達は僕達が戦うのを観戦しながら、好き放題に叫んでいる。

「みぃ……」

どうやらアイビーは巨体と言われたのを気にしているみたいで、目を細めていた。

女の子の体重を聞いてはいけないというあの法則は、アイビーにも当てはまるのだ。

ちなみに今は、僕が背中に乗れるくらいのサイズになってもらっている。

細かく移動して魔物を掃討するなら、小回りが利くサイズの方がやりやすいからね。

そんな風に魔物を倒しては歓声を上げられ、空を駆けては騒がれることが続くことしばし。

魔物の討伐が完全に終了した。

見れば冒険者の人達が素材の切り分けをしてくれている。

皆こっちに向けてサムズアップをしてくれているから、魔物の素材をどさくさ紛れに盗もうなんて輩もいないようだ。

まあお金と素材を溜め込んでも大した使い道なんかないから、前と同じく適当に貸し付けたりあげたりして復興に充ててもらうつもりだけどね。

僕らも解体に加わろうとしたその時だった。

「ふむ、どうやら今回は我が当たりを引いたようだな」

「――えっ!?」

空に突如として、人影が現れる。

そこにいたのは……全身を青紫の鱗に包んだ人型の魔物だった。

背中には羽根が生えており、その額には第三の目がついていた。

明らかに只者ではない雰囲気を漂わせている。

恐らくは――魔王十指。

ごくりと唾を飲む。

そんな僕を見た魔物は、ふふっと不敵に笑ってみせた。

「魔物達を単騎にて、これほど一瞬で殺戮してみせるその手際……見事ッ！　貴様が勇者だな！

我は魔王十指、左第一指のガヴァリウス。貴様を殺し――魔王様の憂いをここで絶つッ！」

「ええっ、ちょっと待っ――」

「問答無用ッ！」

本当に問答無用だった。

それ以上のおしゃべりは不要とばかりに、サンシタに乗っている僕へと襲いかかってくる。

ガヴァリウスがグッと右手に力を入れると、右手の爪がジャキンッと一気に伸びる。

あれを食らったらヤバいッ！

「障壁ッ！」

即座に全力で障壁を張る。念には念を入れて、三枚張りだ。

結界と爪撃の衝突、響いた音はパリンという甲高い音。

ガヴァリウスの爪は障壁の一枚を破ってみせた。

力を入れたんだけど破られちゃうとは……かなりの難敵だ。

《ブルーノの兄貴に、手出しはさせないでやんす》

すれ違い様、サンシタが己の前足でガヴァリウスへと攻撃を加える。

ガヴァリウスはそれを空いている左手で受け止めてみせた。

隙アリッ！

「——すうっ」

今や僕の得意魔法となっているライトアローを同時に、一直線に展開。

そして後ろのライトアローを加速させ、次のライトアローにぶつけ、そのライトアローを加速させ、最終的にとんでもない速度になったライトアロー。

レイさんが名前をつけてくれた、僕の必殺技だ。

「——パイルライトアロー！」

高速化した光の矢が次なる光の矢を加速させることで、新たな魔法へと昇華させた一撃。

音を置き去りにした回避不能の一撃が、ガヴァリウスの脳天に直撃した。

「な……」

まずガヴァリウスの身体が衝撃で吹っ飛び、その肉体を貫通した光の矢が、後頭部を抜けて後方の陸地へと飛んでいく。そしてそのまま、轟音を立てて爆発。

着弾時の光が収まった時には、そこには瀕死のガヴァリウスの姿があった。

「がふっ、ば、馬鹿な……この『翼撃』のガヴァリウスが、たったの一撃で……？　ふっ、流石は勇者と言うべきか……」

「……」

「……みいっ？」

僕とアイビーは顔を見合わせて、首を傾げる。

果たしてこの人の誤解を解いておくべきだろうか。

でも、真実を知らないまま終わってしまうのはかわいそうだということで、本当のことを教えておこうという結論を出した時のことだった。

パキンッと、乾いた何かが割れるような音がした。

枯れ枝を踏んだときのような小気味のいい音が、樹木一本ないこの場所で鳴ること自体がおかしい。

割れていたのは枝ではなく……空間だった。

先ほどまで何もなかったはずの場所に、亀裂が入っていく。

空間が割れ、後ろ側が見えなくなっていき、そして……開いた。

そこに広がっているのは、真っ黒な空間。

一寸先も見えないような漆黒を携えてやってきたのは、一人の少年だった。

黒い眼帯をした、僕よりも幼そうな少年は、こちらに人差し指を向ける。

「慟哭閃《ラメント》」

「みぃっ！」

少年の指先から黒い光が迸るのと、アイビーが叫んだのはほとんど同じタイミングだった。

バリバリバリバリッ！

アイビーが展開していく障壁が、凄まじい勢いで破られていく。そして破られた次の瞬間には同量の障壁が再生産されていき、またしても破られていく。

百枚以上の障壁が割られたところで、ようやく光の勢いが止まり、霧散した。

な、なんていう一撃だ……無防備な状態で食らったら、とんでもないことになっていたに違いない。

「……なるほど、資格はあるというわけか。亀とそれを使役する少年――雑魚の報告にあった通りだな」

少年はそのまま、人差し指を動かす。

そして再度、慟哭閃と呼ばれていた技を発動させた。その先にいるのは、瀕死状態のガヴァリウス。

気付けば、飛び出していた。

僕の障壁の展開速度では、慟哭閃を受けきることはできない。

なので障壁に角度をつけて攻撃をずらしていき、外側に飛ばすことでなんとか弾くことができた。

右手がピリリと痺れる。

攻撃の威力が高すぎるせいで、障壁を張っている僕の方にまでダメージが返ってきたのだ。

僕は既に事切れているガヴァリウスを見下ろしてから、少年の方を向く。

「どうして、死体に攻撃を？　彼は、あなたの仲間じゃないんですか？」

「仲間？　それは違う。左手の魔人共など、僕達から見れば有象無象に過ぎない。なるほど、今回の勇者は博愛主義者か……趣味が悪いな、相変わらず」

少年がパチリと指を鳴らす。

すると黒の空間が、少年ごと周囲に溶け込んで消えていく。

「待って、君は……君は一体……」

「僕は――魔王十指、右第四指のクワトロ。勇者よ、精々気を付けるんだね。魔王様に殺される前に、死んでしまわぬように……」

クワトロと名乗った少年は、そのまま消えてしまった。

まるで、全てが夢みたいだった。

障壁で受け流した攻撃でめくれ上がった大地がなければ、僕が寝ぼけていたんじゃないかと思うほどに。

「だから僕は、勇者じゃ……」

「「「うおおおおおぉぉぉぉぉぉおっっっ！！！」」」

力無く呟く僕の声を掻き消したのは、割れんばかりの歓声だった。

後ろを見れば、こちらにやってきた皆が僕達の方を見て声を張りあげている。

クワトロのことは……今は考えなくていいか。

なんにせよ、脅威は取り除けたんだ。

僕が手を掲げると、冒険者の同業達がこちらに駆け寄ってくる。

そして僕は彼らにされるがままに、全身をもみくちゃにされるのだった。

こうして、魔王十指の乱入はありながらも、ガラリアの防衛は無事成功した。

そして僕らはそのまま南へ向かい、無事全ての港町の防衛に成功する。

僕が臨時で組んだ救世者のパーティーの名は、良くも悪くも王国全土に轟くことになる。

そのせいで色々と、また面倒なことが起こることになってしまうのだった……。

ああもうっ、なんでこう思い通りにいかないのさっ！

That turtle,
the storongest on earth

エピローグ

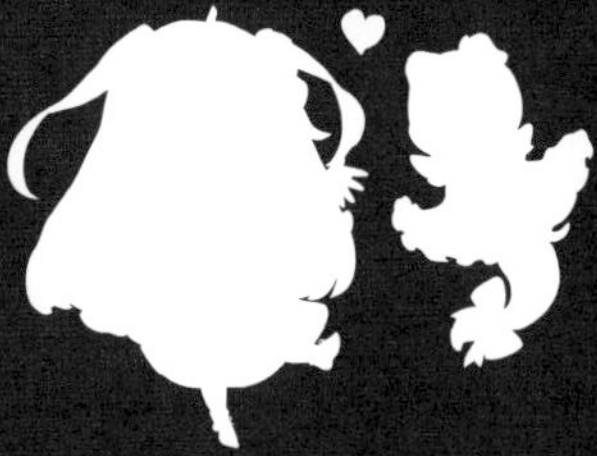

青天の霹靂の報せが来たのは、一生懸命動いた疲れを癒やすため、アクープの街でゴロゴロとしてからすぐのことだった。

僕らは呼び出された辺境伯から、驚愕の事実を告げられる。

「ええっ、僕達が王宮にッ!?」

「みいっ!?」

なんと僕とアイビーとサンシタが、王都に招集を受けたのだ。

僕らを呼び出したのは、王国の現国王であるヴェント二世。

なんでも今回の戦役の立役者である僕らを歓待し、褒美を取らせるということらしい。

「今回街を一つも落とされることなく、黒の軍勢を斥けた功績はかなりデカい。王としてもブルーノ達に何かしら報いなくちゃ、威厳が保てないんだろうな」

「にしても急ですね……」

「それだけお前らに耳目が集まってるってことだよ。どうだ、嬉しいだろ?」

「——全っ然!　嬉しくないです!」

僕らは困っている人や、このままだと危ないという人達が沢山いたから、手を差し伸べただけだ。

別に富や名声がほしいわけでもなんでもない。

たまに街の外に出掛けるくらいなら、旅行気分で楽しいけど、それはたまにだから楽しいのであって。

こうあっちこっちに行かされたら、楽しさより忙しさの方が勝ってしまう。

「安心せい、妾もついていくからの！」

カーチャが片目を瞑りながら、自分のことを指さす。

どうやら今回の王都行きには、彼女もついてくるつもりらしい。

辺境伯も結構乗り気な様子だった。どうやら彼的には、僕らが既に辺境伯の紐付きであることを示したい気持ちがあるらしい。

「お前が臨時で組んでた救世者の皆は、連れて来ても来なくてもいいそうだ」

「それなら一応、聞いてみます」

アイシクルは行ったら悪目立ちするからお休みしてもらう。

マリアさんは外交問題にもなりかねないからこっちに留まってもらう。

それならレイさんとシャノンさんに、行くかどうかを尋ねてみなくちゃいけないな。

「王都は色々と面倒だぞ。ちなみに俺の関係者と知られることで、より面倒なことになること請け合いだ」

「そんなこと、請け合わないでくださいよ……」

王様と辺境伯は国を巻き込んだ喧嘩をしているため、向こう的には辺境伯の戦力である僕達は目の上のたんこぶ。

恐らくは今回も歓待に乗じて、引き抜き工作なんかが仕掛けられるだろうということだった。

「ハニートラップとかには気を付けろよ。引っかかって子供ができれば、それだけで一発アウトだからな」

「こ、子供っ!?」

「みみぃっ！」

そういうのはブルーノにはまだ早いと、アイビーがプリプリし始める。

謝る辺境伯と「はに、とら……?」と首を傾げているカーチャを見ながら、僕は内心でため息を吐いた。

僕らの食っちゃ寝スローライフまでの道のりは長そうである。

どうやらまだまだ忙しい日々が続きそうだ。

……でもどうしてだろう。こんな日々を、悪くないと思っている自分もいる。

「みぃっ！」

一緒に頑張ろうと小さくガッツポーズをするアイビーに、僕は頷きを返す。

大切なのは、何をするかより誰とするか……そんなフレーズが頭を過った。

まだまだ未熟な僕だけど。

アイビーと一緒なら大丈夫。

今は頼れる仲間もいるし、周りには信頼できる人達も増えた。

僕らはもう、あの時みたいな二人ぼっちじゃない。

皆と一緒に歩いて行けるという幸せを噛みしめながら、僕は王都行きのための準備を慌ただしく始めるのだった……。

That turtle,
the storongest on earth

特別書き下ろし
エピソード

レイのおしゃれ大作戦

「すううううっ……」

レイさんは目を瞑り、ジッとしたまま意識を集中させていた。

姿勢は立ったままだが、全身は脱力している。

右の軸足に力を入れながら、左半身は力を抜き、剣を下段に構えている。

魔法使いにとって、精神を集中させるのにもっとも適した姿勢は胡座とされている。

彼女が精神集中を立ったままでしているのには、当然ながら理由がある。

ボッ！

彼女が構えていた剣の切っ先に淡く炎が灯る。

「おおっ！」

レイさんが目を開き、感嘆の声を出す。

ってレイさん、そんなよそ見をしていたら……。

「ああっ……」

レイさんの集中が途切れたことで、灯っていた炎は一瞬のうちに消えてしまう。

残念そうな顔をして剣を見るレイさん。

けれど当然ながら火が点いているわけもなく、得物のミスリルソードはその光沢のある刀身を光らせるばかりだった。

「……くっ、今回はいけたと思ったんだが」

「火が点いたところで集中を切らしちゃったのが良くなかったみたいですね」

「くそっ、もう一回だ！」

そう言ってレイさんは再びさっきと同じ構えを取り、意識を集中させる。

――彼女は今、必殺技となる予定の魔法剣の練習をしている最中だった。

アイビーだったら巨大化、僕だったらパイルライトアローといったように、僕らにはそれを使えばとりあえずどんな相手も倒せるといういわゆる決め技があったりする。

だがレイさんには今のところ、そういった必殺技がない。

剣技も魔法もなんでもこなせる魔法剣士である彼女は、それ故に悩んでいた。

万能故に、どこにも突き抜けない……ある種贅沢な悩みではあるんだろうけど、たしかにこれさえあればという自信のある技があるかどうかは大事になってくる（ちなみに、これは全部アイビーからの受け売りだ）。

「すうっっ……」

深呼吸をしながら集中を始めた彼女の全身から、うっすらと光る魔力が放出される。

靄のように全身から噴き出している魔力が、剣に収束していくが……今度は灯ることなく、魔力はそのまま霧散してしまった。

「ああっ！」

失敗に終わって落ち込んだ様子のレイさんが、そのまま地面に四つん這いになる。

そして彼女はそのまま……しくしくと泣き始めた。

（レイさんって見た目はカッコいい女剣士なのに、結構打たれ弱いんだよね……）

僕は内心でそんな失礼なことを考えながら、彼女の背中を優しくさすってあげる。

こうすると心なしか泣き止むのが早いのだ。

なんだか子守をしているような気分になるけれど、実際に効くのだからしょうがない。

「うう、私はどうしてこういつもダメなんだ……」

背中をさすさすしているとすぐに泣き止んだが、どうやらまだ気持ちは晴れないようだ。

魔法剣が使えるようになるまでの道のりは、まだまだ長いらしい。

「みぃっ！」

そんなレイさんを見かねた様子のアイビーが叫ぶ。

「気分転換しようって言ってるみたいです」

「気分転換か……たしかにこのままここにいても落ち込むだけだし、一度リフレッシュするのもいいか。それなら、お言葉に甘えさせてもらうことにしよう」

「みぃっ！」

ふよふよと宙に浮かびながら、アイビーが元気に鳴く。

その声に活力をもらったのか、レイさんも小さく笑った。

「みぃっ」

アイビーがちょいちょいっと家の方を指さした。

一旦家へ戻って着替えようと提案しているみたいだ。

さっき模擬戦闘をしたから、練習着も泥だらけだしね。

僕もレイさんも、一度身を清めた方がいいだろう。

というわけで一旦別れてから、再度合流することになったんだけど……。

「みいっ！　みいみみっ！」

僕が着替えを済ませてからゆっくりしていると、隣の部屋から何やら声が聞こえてくる。

何を言っているのか詳細は聞こえないけど、どうやらアイビーが何かを嘆いているみたいだった。

その理由は、合流するとすぐに判明した。

「レ、レイさん……」

「ん、どうかしたか？」

凛々しい態度でキリリと対応するレイさんの格好は、なんというか、ものすごく……ダサかった。

水玉模様の上着に、くるぶしの辺りまである長い紺のズボン、実用性重視の無骨な茶色い革靴。

このコーディネートに名前をつけるなら、さしずめ『寝ぼけた冒険者』といったところだろうか。

「みぃ……」

どうやらアイビーはそのレイさんのあまりのダサさに嘆いていたらしい。

「みっ！」

それだけではないといった感じで、アイビーがレイさんの上着をビシッと指す。

おかげですぐに気付くことができた。どうやらレイさんの上着のあれは水玉模様ではなく、デフォルメされたアイビーの顔だということに。

「みみっ！　みみぃみぃっ！」

バシバシと手で地面を叩くアイビー。

どうやら自分のデザインを使われた服を着てめちゃくちゃダサいということが、彼女には我慢ならないらしい。

彼女にしては珍しく憤慨している。

アイビーは決意を秘めた目をして、僕の肩に乗った。

「みっ！」

そして指し示す先は、アクープの繁華街。

彼女が何をしたいのか、というか何をさせたいのかが、今の僕には手に取るようにわかった。

振り返り、少し肩を縮こまらせているレイさんの方を向く。

「レイさん」

「な……なんだ？」

どうやらレイさんは、ただならぬアイビーの様子を見て少しビビっているみたいだ。

安心して下さい、何も取って食おうってわけじゃないですから。

「――おしゃれしましょう」

「お……しゃ、れ？」

レイさんは言葉の意味が理解できていないかのように、ぶつ切りでオウム返しをしてくる。

その顔が妙にとぼけていて、思わず笑いそうになってしまったのは、ここだけの話だ。


「みぃっ！」

アイビーが肩で風を切るように入った店は、アクープで一番の取りそろえを誇るメリンダ服飾店というお店だった。

「みっ！　みっ！　みっ！」

アイビーは重力魔法を使って気になった服を浮かせてキープしたり、魔法の手を使ってたぐり寄せてみたりと大分やりたい放題している。

うちのアイビーがすみませんという感じで頭を下げたが、店主であるメリンダさんはまったく気にしていないようだった。

流石アクープ一番の人気なだけはある、面構えが違う……。

「あ、あわわわっ……」

レイさんは服を当てて確かめられたり、そのままフィッティングをさせられたりと完全にアイビーの着せ替え人形になっていた。

ちなみにレイさんが着替える時は、アイビーが謎の靄を発生させているためこちら側に彼女のあられもない姿が見えるようなこともない。

こんな時くらいしか使えなそうな小技までしっかりと揃えているなんて……流石だね。

そんな風に感心していると、フィッティングが終わった。

こういうのは演出が大事だとばかりに垂れ幕が用意され、ブワッと取り除かれる。

どこからか噴き出してきた煙が晴れ、アイビーが魔法で作ったスポットライトが当てられるとそこには……。

「ブルーノ、どうだろうか……？」

「……」

思わず言葉を失ってしまうほどの、絶世の美女が立っていた。

赤のミニスカートに、ボディラインがはっきりと浮き出るタイトめのシャツ。

肩にかけるタイプの上着はツルツルとしたサテン生地で、見事に調和が取れている。

ボーイッシュでありながら女性的な魅力も感じられるような、いいとこ取りのファッションがそこにはあった。

「や、やっぱり似合って……」

「い、いえっ、そんなことはっ！　むしろ似合い過ぎているくらいで！」

「似合いっ!?」

テンパって意味のわからない言葉を叫びながら顔を真っ赤にしているレイさん。

どうやら相当恥ずかしがっているようだけど……うん、とっても似合っていると思う。

「ふ、普段こういう格好はしないから……足がすーすーする」

そういって顔をパタパタとあおぐレイさんは、普段男勝りなところも多い分、より女の子っぽく見えていた。

「みっ！」

えっへんと胸を張っているアイビー。

うん、君にはその資格がある。

「みみっ！」

アイビーが手を引いて、レイさんと一緒に店を出て行く。

あれ、お代はと思い僕が財布を出そうとすると、店主のメリンダさんに待ったをかけられた。

「お代は既に頂戴しております」

どうやら既にアイビーが支払いを終えていたらしい。何から何まで抜け目のない子である。

「みっ！」

アイビーはどうやらまだまだレイさんにやってもらいたいことがあるらしい。

おしゃれは一日にしてならず。

今度は化粧品やアクセサリーなんかを見に行くようだ。

これは……今日は一日中付き合うようかな。

女の子の買い物ってどうしてこんなに長いんだろうと思わなくもないけれど……二人とも楽しそうだし、たまにはこんな日があってもいっか。

そんな軽い気持ちで付き添うことを決めた僕は、このあと日を跨ぐほどに、色んなところに連れ回され後悔することになるんだけど……それはまた別のお話。

——結果だけ言えば、この後レイさんは化粧水なんかを使った肌ケアや、軽いメイク程度ならするようになった。

元の素材が良いものだから、それだけでもずいぶんと効果があるようで。

レイさんが街に出る時は以前にも増して人の目を引くようになり、男の人から声をかけられることも増えたのだという。

だけど中身の方は、そう簡単には変わらないようで。

今日もまた彼女は限界ギリギリまで鍛錬をして、模擬戦で負けては気絶して白目を剝いてしまうのだった……。

あとがき

はじめましての方ははじめまして、そうでない方はお久しぶりです。しんこせいと申す者でございます。

突然ですが、皆さんは余裕を持った生活ってできていますでしょうか?

自分は最近、ようやく少しだけ肩の力が抜けるようになってきました。

以前より少しだけ、無駄を愛することができるようになった気がします。

作家としての活動を考えるのなら、あらゆる無駄をそぎ落として空いている時間全てを執筆時間に充てるのが理論上は最強です。

ですがパフォーマンスは追求すると、孤独に繋がっていきます。基本的には物事って、一人でやった方が効率がいいですからね。

でも誰かと食べるご飯って美味しいですし、気の置けない友達と会うのも楽しい。

こういったことを無駄と切り捨てるのではなく、人生で必要な寄り道や休憩だと言える余裕のある大人になりたいなぁと思う今日この頃です。

僕が書いた本が皆さんにとっての休憩になり、明日を頑張るためのエネルギーになる……そんな作家になれるよう今後も精進していきますので、応援よろしくお願い致します。

さて、『その亀、地上最強』の第二巻、お楽しみいただけたでしょうか？

今回はレイやアイシクル、マリアといった女性キャラも増え、以前より更に賑やかになりました！

ブルーノとアイビーの相変わらずの活躍に頬を緩めていただけたら幸いです。

そして今作のコミカライズが、八月より始まっております！

漫画を描いているのは大ベテランである影崎由那先生です。少し緊張しながらも、漫画の場合はこういう表現がいいんだ……とふむふむ頷いております。

最後に謝辞を。

編集のI様、ありがとうございます。校正を出すのが遅くてすみません、次は締め切りの前日に届けられたらと思います。また今度飲みに行きましょう。

イラストで彩りを加えてくれた福きつね様にも感謝を。ざっくりとした説明からこれだけのキャラデザを作ってのける……そこに痺れて憧れます。

そして何より、今この本を手に取ってくれているそこのあなたに感謝を。

あなたに何かを届けることができたら、あなたの人生が少しでも彩り豊かなものになったら、それに勝る喜びはありません。

それではまた、三巻でお会いしましょう。

thank you for reading
福きつね

EARTH STAR NOVEL

その亀、地上最強 ②

発行 ―――――――― 2023年9月15日　初版第1刷発行

著者 ―――――――― しんこせい

イラストレーター ――― 福きつね

装丁デザイン ――――― 山上陽一（ARTEN）

発行者 ――――――― 幕内和博

編集 ―――――――― 今井辰実

発行所 ――――――― 株式会社アース・スター エンターテイメント
〒141-0021　東京都品川区上大崎 3-1-1
目黒セントラルスクエア　7F
TEL：03-5561-7630
FAX：03-5561-7632
https://www.es-novel.jp/

印刷・製本 ――――― 図書印刷株式会社

ISBN 978-4-8030-1835-6